希望の地図2018

2011年3月11日
東日本大震災

震災から7年がたった2018年3月11日。壊滅的な被害を受けた
宮城県南三陸町の防災対策庁舎をのぞむ献花台で手を合わせる人たち

上・南三陸町防災対策庁舎の周りでは土地の嵩上げ工事が進む
下・ラグビーワールドカップ2019日本大会の開催が決まっている
釜石鵜住居復興スタジアム。壊滅的な被害を受けた町が、「世界」を迎える

上・バリケードの先は福島第一原子力発電所事故による帰還困難区域
下・被災した建物の中でも、
行政による解体が決定したものに貼られる「解体家屋」の貼り紙

カ
カ
カ
カ

汚染土が詰まった黒いフレコンバッグが野ざらしにされている。
汚染土の仮置き場は2018年12月31日時点で福島県内の933ヶ所におよぶ

2016年4月14日、16日
熊本地震

右上・地震で大きな被害を受けた熊本城。崩れてしまった石垣の石は一つひとつ元の位置に戻している

右下・天守を再建中。完全復旧、内部公開は、2021年春の予定

左下・阿蘇大橋の崩落現場。阿蘇市内の大学生が崩落に巻き込まれて命を落とした

取材に訪れたのは豪雨から2ヶ月ほどたった頃。にもかかわらず、
町中のいたるところにまだまだ豪雨の爪痕が残る

上・豪雨災害によって崩れた家屋など、大量の瓦礫が集められていた
下・濁流に押し流され、傾いた家。周囲を覆うブルーシートの青がまぶしい

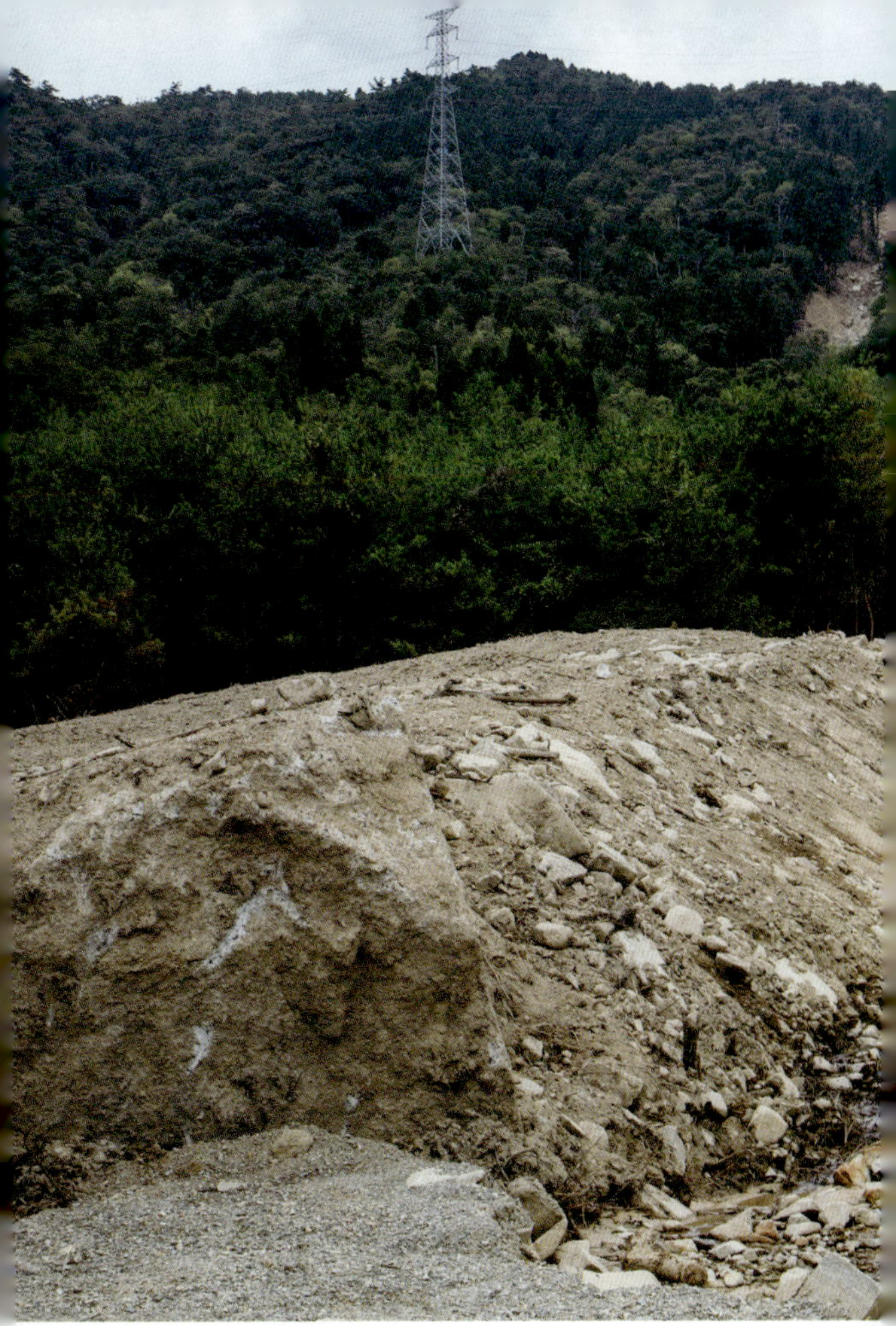

広島県東広島市では、山が崩れ、大量の土砂が広島国際大学の敷地に流入した

上・大阪府北部地震で被害の大きかった地域では、
応急処置として屋根に壊れたブルーシートを張った家が目立つ
下・大阪城公園では台風21号で全体の1割にあたる樹木が被害を受けた

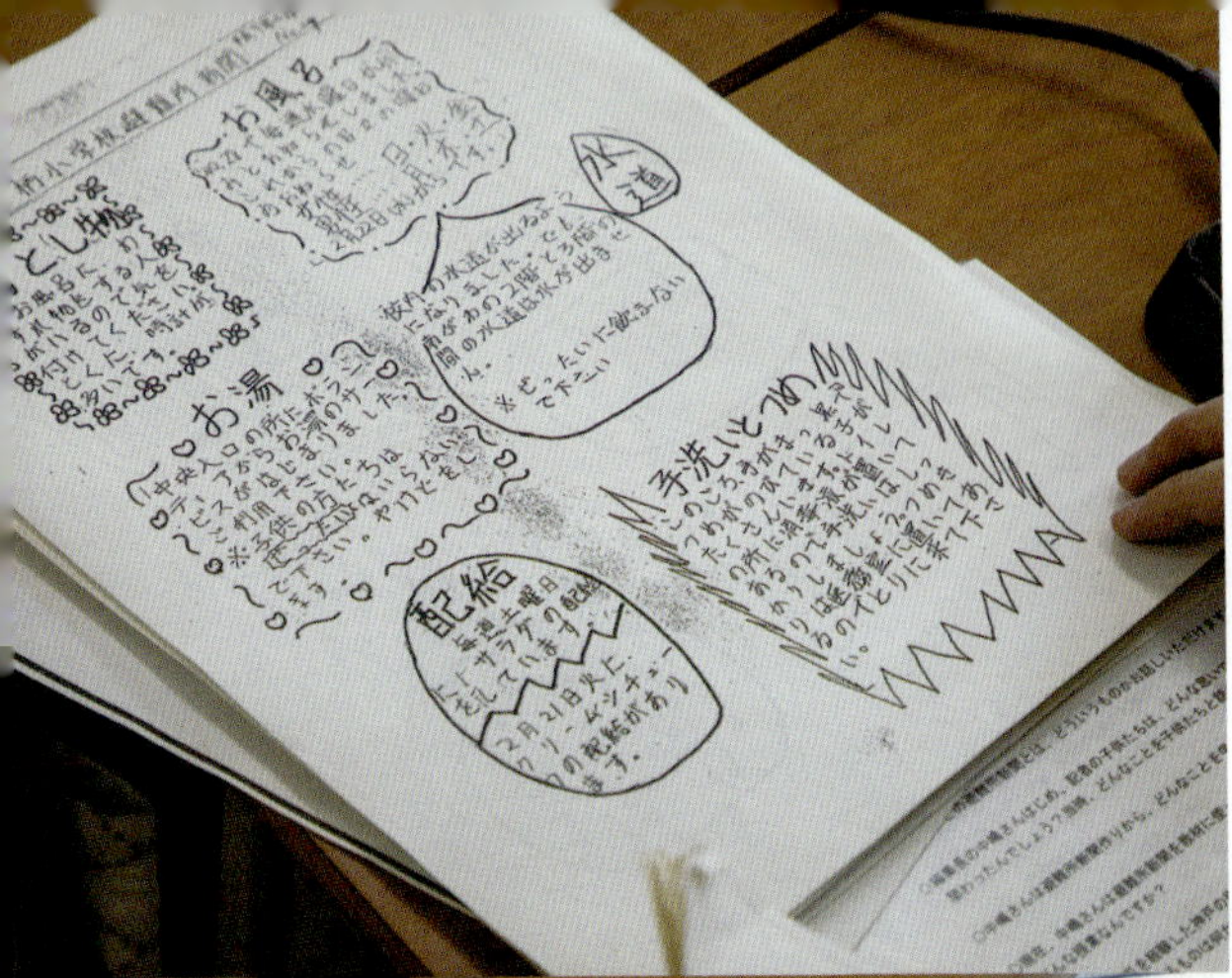

上・避難所となった神戸市立小野柄小学校で、
子どもたちが自ら取材し手書きで作った『避難所新聞』
下・慰霊と復興のモニュメントには犠牲者の名前が刻まれている

震災を契機に出会った若い世代が、同志となり、未来へと飛び込んでいく。
希望のバトンは続く——

希望の地図2018

重松 清

幻冬舎文庫

希望の地図２０１８／目次

プロローグ　七年後の三色すみれ

仙台駅で缶入りの『雪っこ』を買った。

日本酒である。

2018年3月8日午後、当日の夜に生放送されるNHKの『クローズアップ現代＋』にゲスト出演するために仙台入りした僕は、新幹線から駅に降り立つと、『雪っこ』を買うために売店へ向かった。むろん、本番前に酒など飲めるはずがない。これは「儀式」である。きわめて個人的な、だからこそ大切な。

岩手県陸前高田市《りくぜんたかたし》の酔仙酒造《すいせんしゅぞう》が醸す『雪っこ』は、「活性原酒」と銘打たれているとおり、酵母や酵素が生きたままの状態で入っている。火入れをして発酵を止めた一般の酒と比べると、飲み口がみずみずしい。ほのかに白く濁った酒を一口啜ると、これぞ芳醇旨口だと実感する。しかし、その味わい深さと引き替えに品質の保持が難しく、販売は冬季のみ——毎年10月から翌年の3月末頃まで。

つまり3月8日は、シーズンの終わり間近というタイミングだったわけだ。

白地の缶には、民話風の雪景色と、蓑帽子に藁沓《わらぐつ》姿の子どもの絵が描かれている。もしかしたら、子どもの姿をした雪の精――雪ん子だろうか。

買ったばかりの缶を手に取った僕は、素朴な可愛らしさに満ちた雪ん子に、心の中で声をかける。

やあ、ひさしぶり、元気だったか。

また来たぞ。

今年も、なんとか、間に合ったぞ。

1年2ヶ月ぶりの再会だった。2017年1月以来になる。そのときはラジオの文化放送の仕事で、仙台から宮城県南部の山元町に回った。3月11日にオンエアされる東日本大震災のドキュメンタリー番組の取材だった。レポーターを務める僕は仙台入りすると、まず最初に――いまと同じように、駅の売店で『雪っこ』を買ったのだ。

その前に仙台を訪れたのは、2016年の8月。心臓のカテーテル治療を翌日に控え、ゲン担ぎや神頼みというわけではないが、仙台のお寺に眠る古い友人の墓参りをしたのだった（ちなみに治療はうまくいかず、翌年夏には再びカテーテルを突っ込むことになる）。あいにく『雪っこ』の販売期間ではなかったが、駅前の居酒屋で飲ませてもらった。冷蔵庫で夏まで寝かせた『雪っこ』は、熟成が進んで、クロウト好みの旨さになるらしい。

さらにその前は、2014年の11月だった。取材で陸前高田市と宮城県北東部の南三陸町を回ったときに、一ノ関駅の売店で、シーズンが始まって間もない、いわば新酒の『雪っこ』を買ったのだ。前出の居酒屋の大将は、『雪っこ』の味はシーズン序盤と終盤とでも微妙に違うのだと教えてくれた。なるほど言われてみれば、同年2月にNHKのロケで陸前高田市や南三陸町、さらには福島県北東部の飯舘《いいたて》村を回ったときに飲んだ味はどっしりと芳醇だったが、11月の『雪っこ』には若々しい軽やかさが感じられた……ような気がする（ごめんなさい、僕は酒は大好きですが、舌の鋭さにはてんで自信がありません）。

とにかく、僕にとっての『雪っこ』は、東北行き——雑誌や新聞、テレビやラジオの取材で東日本大震災の被災地を経巡る旅と、切っても切れない関係にある。これまで何本も買った。それはそのまま、被災地を訪ねた回数にも重なる。

『雪っこ』の缶には、酔仙酒造が社屋を構える二つの地名が印刷してある。

陸前高田市が、本社。〈製造場〉として記されているのは、岩手県大船渡《おおふなと》市。2011年の大津波で、同社は陸前高田市内にあった社屋と酒蔵を流されてしまった。社員も7名が犠牲になった。それでも、『雪っこ』の歴史は途切れることはなかった。その年のシーズンは県内の酒造会社の厚意で、稼動していなかった酒蔵を間借りして醸され、翌2012年には大船渡に新しい酒蔵も建てられたのだ。

僕は、陸前高田の蔵でつくられていた頃の『雪っこ』を知らない。震災以前のあの町やこの町の風景を、知らない。

そのことに苦い負い目を感じながら、取材の旅を繰り返してきた。

被災地への玄関口にあたる仙台駅や一ノ関駅で『雪っこ』を買って、さあ、これから取材だぞ、と気持ちを引き締めてレンタカーの事務所に向かう。

大げさだと笑われ、自己満足にすぎないと叱られてしまうだろうか。

けれど、僕にとっては、やはりそれは大切な「儀式」なのである。

＊

あの日――２０１１年３月11日から、７年。生まれたばかりの赤ん坊が小学校に入学するまでの時が流れた。

ＮＨＫの『クローズアップ現代＋』は、７年前に僕が出演した回の続編、もしくは後日譚という位置付けだった。７年前は、ジャーナリストの森健さんが被災地の子どもたちに呼びかけて書いてもらった作文を紹介した。今回は、彼らの「いま」を探る企画である。

当時の小学生や中学生は、震災後の７年間が自らの思春期ときれいに重なり合う。いま20

歳前後の若者になった彼らの青春に、震災はどんな影を落とし、どんな傷を刻み、そしてどんな光を与えていたのか。

ドキュメンタリーとＬＩＮＥでの対話を組み合わせた番組の詳細をここで伝える紙幅はないが、個人的な感想を申し上げるなら、一つの言葉がキーワードとして、とても大きく、深く、胸に残った。

それぞれ――。

震災の悲しみを糧にして前に進む子がいる。けれど、あの体験をまだ自分の中で消化／昇華しきれずに苦しむ子もいる。移り住んだ町にすっかり馴染んだ子がいる一方で、復興の進むふるさとから昔の面影が消えたことを寂しがる子もいる。ボランティアの人たちとの出会いが自分の進路を決めた、という子がいた。狭い仮設住宅で暮らすストレスで荒れていた時期を、苦い思いで振り返る子もいた。

ほんとうに「それぞれ」――十人十色だった。もう、彼らを「被災地の子どもたち」という一言でまとめることはできない。7年の歳月が、「子どもたち」の「たち」を細かく分けていった。プリズムによる分光のように。あるいは、マラソンランナーの集団が、レースが進むにつれてばらけていくように。

もちろん、同じことは「被災地」のほうにも言える。

震災発生直後には、津波の到達ラインがそのまま、被災地とそれ以外の土地との境界線になっていた。福島第一原発事故の場合なら、基準値を超える量の放射性物質が届いたかどうか。しかし、いまの被災地は複雑に色分けされている。高台に移転した町、防潮堤を築いた町、沿岸部の嵩上げをした町、復興工事が順調に進んでいる町、そうではない町、震災遺構を残す町、残さない町、除染が完了して住民が戻ってきた町、まだ戻れない町……。

まとめることはできない。ひとくくりにしてはならない。「町」も「ひと」も。

その自戒とともに、僕はいま、8年目の被災地の旅を始めようとしている。

＊

フィクションのお話を書くのが本業の自分にとって、被災地の取材を続けることがプラスになるのかどうか、率直に言えばよくわからない。

被災地の状況を伝える書き手やリポーターとして自分はふさわしいのか。そもそも、自分にその資格はあるのか。「ルポを書かないか」「インタビューをしないか」「ドキュメンタリーのリポーターをやらないか」というオファーが来るたびに自問し、ときに激しい自己嫌悪にも陥りながら、スケジュールさえ合えば、すべての仕事を受けてきた。

歩きたかった。風景と向き合いたかったし、その風景の中に生きる人（それはすなわち、「あの日以前」の風景の中で生きてきた人でもある）の言葉を受け止めたかった。

震災が発生したとき、僕は満48歳の誕生日を迎えたばかりだった。人生の折り返し点は、もう過ぎてしまった。ライターの仕事でも「現役」の残り時間を意識せざるをえない歳である。

そんなときに発生した震災は、2万人近くの人びとの命を奪い、いくつもの町を根こそぎ攫って、さらに、降りそそいだ放射性物質のせいで生活どころか立ち入りさえも制限される地域を生んでしまった。

数年ですべてが元通りになるはずがない。10年、15年、20年……原発の廃炉作業や放射性物質の除染には、もっと長い時間がかかる。僕自身の「現役」の残り時間を目一杯使っても、そのすべてを見届けることはできないだろう。

だが、途中経過の報告ならできる。ラストシーンを持たない長い長いお話を少しずつ書き継いでいくように、被災地を歩き、見つめ、話を聞くこと――「彼らの話を書いてくれ」「歩いて、見て、感じたことを話してくれ」と、報告者としての自分が求められるのであれば、それはやはり、恐縮しつつも光栄なことではないか。

20代や30代の頃には見えなかったものが、40代終わりのいまなら見えるかもしれない。60

代、70代になると聞こえなくなる声が、50代のうちなら、まだ聞き取れるかもしれない。

四六時中お付き合いしなくてもいい。日本語には「折に触れて」という素敵な言葉もある。たとえるなら所得税に復興特別税が上乗せされるのと同じように、「現役」の残り時間のいくばくかを、途切れがちではあっても、被災地の旅と、その報告に費やそうと決めたのだ。

*

モニターに映し出された自分の顔は、明らかに怯えていた。

2011年5月に宮城県の石巻市と気仙沼市を訪ねたときの映像である。これまで何作もドキュメンタリーでコンビを組んできた旧知のディレクターが、「番組になるあてはないけど、とにかく被災地に入ってみないか」と声をかけてくれたのだ。

震災発生から2ヶ月、まだ町は瓦礫の山だった。ひしゃげた自動車があちこちの田んぼに突き刺さっていた。田んぼには漁船もあった。堤防が崩れ落ちた港には、冷凍倉庫にあった大量の魚の腐臭が立ちこめていた。岬に抱かれた集落が丸ごと津波に流されていた。海まではまだずいぶん距離があるはずの里山の集落にも、1階部分が骨組みしか残っていない家々があった。川を遡った津波に呑まれたのだ。

立ちつくす僕を、カメラが映す。虚ろな目をしているのが自分でもわかる。マイクを向けられても、なに一つまともなコメントが言えない。声もかすれて、揺れて、裏返った。コメントの内容はまったく思いだせない。7年たって忘れてしまったのではなく、しゃべる端から消えていった。建物が消えうせた町には、強い風が吹きわたっていた。砂や木屑が交じった埃がもうもうと巻き上げられ、風向きによっては目も開けられない。陥没した道路を、自衛隊の車輛が轟音をたてて行き交う。僕の声をマイクで拾うために音声スタッフが苦労していたことだけ、つい昨日のできごとのように、くっきりと覚えている。

実際、震災が発生した1年目の取材は、圧倒的な現実の重さにたじろぐことばかりだった。ライターとして決してつかいたくない表現なのだが、やはり「言葉を失った」という言い方が一番ふさわしいだろう。そんな頃——2011年秋から翌2012年春にかけての取材は、ドキュメントノベル『希望の地図　3・11から始まる物語』としてまとめられ、いまは幻冬舎文庫のラインナップに加えてもらっている。

「希望」という言葉を用いることには、迷いと躊躇がないわけではなかった。安易な光を描くことは慎むべきではないかと自問もした。それでも、批判を受けるのは覚悟しつつ、あえて「希望」をタイトルに掲げた。はてしなく広がる闇の中に（比喩を超えて、あの頃の被災地の夜はほんとうに暗かった）、かすかな光を一つでも多く探したかった。

悲しみや苦しみの底にいる人の取材はしないのを原則にして、前を向いている人を探し歩く旅を続けた。おまえは現実の厳しさから逃げたのだ、という誹《そし》りは甘受する。だが、そうでなければ、性格が弱い自分にはとても取材を続けることはできなかっただろう。

『希望の地図』刊行後も、さまざまなかたちで被災地の取材は続いた。

定点観測のように繰り返し訪ねる場所が増えてきた。旅の始まりに『雪っこ』を買うことが習わしにもなった。

２０１２年、２０１３年、２０１４年……被災地の風景が大きく変わりはじめたのは、その頃からだろうか。

「復旧」という言葉が「復興」に置き換わっていく。住宅や店舗や庁舎に冠せられていた「仮設」の文字が徐々に消えていく。

そして、少しずつ、うまくいっていることとそうではないことの明暗が分かれるようになり、語り継がれるものと忘れ去られるものの差が、はっきりしてくる。

＊

先ほど、僕は「被災地」や「子どもたち」が、７年の歳月によって細かく分かれていった、と書いた。

だが、その逆の話だってある。かつて確かにあったはずの細かなディテールや、小さな襞が、時間の経過につれて喪われていくこと——。

たとえば、南三陸町でこんな話を聞いた。

津波で特に大きな被害を受けた南三陸町では、一つの悲しい美談が生まれた。

町役場の危機管理課の職員だった遠藤未希さん（当時24歳）は、庁舎が津波に呑み込まれる直前まで、防災無線で町民に避難を呼びかけつづけた。その結果、彼女自身は津波に襲われ、亡くなってしまったのだ。

「10メートル以上の津波が押し寄せています。高台へ避難してください」——自らの命と引き替えに多くの住民の命を救った彼女のアナウンスは「天使の声」と讃えられ、埼玉県の道徳の教材にも採用されたほどである。

もちろん、その行動はどれほど称賛しても足りないし、結婚式を間近に控えていたという本人や家族の無念を思うと、粛然とするしかない。

しかし、じつはあの日、防災無線で避難を呼びかけていたのは、未希さんだけではなかったのだ。危機管理課の課長補佐、すなわち未希さんの上司にあたる三浦毅さん（当時51歳）も、未希さんと交互にマイクに向かった。発見された音声記録によると、呼びかけは合計62

回、そのうち18回は三浦さんだった。最後の最後、未希さんたち同僚が上階に避難するなか（しかし大半は津波の犠牲になってしまったのだが）、三浦さんは「あと1回だけ」と放送室に残って、それきり——いまなお、行方不明のままなのだ。

三浦さんのことは、震災直後には詳細に報じられている。日本経済新聞の3月28日付け夕刊では、むしろ三浦さんが記事の中心になっていて、未希さんは「後輩」としか紹介されていない。

だが、7年がたったいま、「南三陸町で最後まで防災無線で避難を呼びかけていた職員の声」と言われたとき、ほとんどの人が思いだすのは若い女性の声だろう。遠藤未希さんの名前が同時に出てくる人も少なくないはずだ。男性の声の「早く逃げてください」が記憶からよみがえる——まして、その声の主の名前を答えられる人は、いったいどれくらいいるのか。

未希さんの尊い行動は、今後とも語り継がれていくだろうし、そうでなければならない。けれど、その一方で、7年という歳月は、命懸けで町の人びとを救った一人の男性を、忘れられた存在にもしようとしている。

地元の人たちがなにより怖れる「風化」とは、たとえばそういうことなのかもしれない。

『クローズアップ現代＋』への出演を終えた僕は、東京へは戻らず、そのまま被災地の取材の旅に入った。

＊

今年――２０１８年は足しげく東北に通うことになる。

４月から新しい仕事が始まる。

ＦＭラジオ局のＪ－ＷＡＶＥとＡＭラジオ局の東北放送で毎月１度放送している、震災復興支援特別プロジェクト『Hitachi Systems HEART TO HEART』――そのナビゲーターを務めることになったのだ。

現地取材とゲストとのスタジオトークを組み合わせた同番組は、２０１３年に始まった。今年はシーズン６になる。ナビゲーターは年度ごとに替わる。作曲家の千住明さんに始まり、クリエイティブディレクターの箭内《やない》道彦さん、アーティストの日比野克彦さん、音楽家の小林武史さん、政治学者の姜尚中《カンサンジュン》さんとリレーされてきたバトンを、４月から僕がお預かりするわけである。

さらに、せっかく物書きがナビゲーターをするのだから、と番組サイドから活字化の提案もあった。熟考のすえ、受けることにした。仕事の負担は増えても、やはり僕は「言葉を書く」人間である。被災地を歩いて、見て、聞いて、感じたことは、自分自身の言葉で記しておきたい。『希望の地図』でお世話になった幻冬舎に相談すると、幸いにしてGOサインが出た。

この小文は、だから、連載の序章にあたるものとして受け止めていただけるとうれしい。

＊

最初は「被災地」「被災者」というひとかたまりだった存在が、7年という歳月をかけて、細かく分かれていった。

その一方で、7年間とは、かつて確かに語られていた物語が忘れられそうになる歳月でもあった。

もう一つ、語っておきたい話がある。想像していただきたい風景がある。

福島県北部の新地町と県境を接する宮城県南部の山元町は、津波で沿岸部が壊滅的な被害を受けた。復興にあたって、町は中心部を移転させることを決めた。津波で流されたＪＲ常磐線を内陸側のルートに移し、町内にあった坂元駅と山下駅も移設、線路も駅舎も高架になった新駅を中心に、コンパクトな市街地をつくる計画を立てたのだ。

２０１５年に『つばめの杜』と名付けられた山下駅周辺は、２０１８年3月のいま、町並みもすっかり整った。瀟洒な戸建て住宅がゆったりと建ち並び、お洒落なデザインの学校や公園が配され、真新しいショッピングセンターの駐車場にはチャイルドシートを付けたマイカーが何十台も駐まっている。

首都圏のニュータウンと変わらない町の風景を見ていると、自分がいまどこにいるのか、一瞬忘れそうになる。

だが、海に向かって車をほんの数分走らせただけで、風景が変わる。沿岸部に建物はほとんどない。行き交う車も護岸工事の車輛ばかりだ。風が急に強くなった。吹きわたる風をさえぎるものがないからだ。

津波の傷痕は、ここにはまだ残っている。風に巻き上げられる土埃が、忘れるな、と無言で伝えてくる。

ああ、そうなのか――と思ったのだ。

これが、２０１８年に被災地を旅する意味なのかもしれない。

5年前の２０１３年には、『つばめの杜』はまだ影も形もなかった。それどころか、新駅を中心に市街地を再編するコンパクトシティ構想をめぐって、町内は真っ二つに割れてしまい、年末には町長の問責決議案が可決されたほどだった。

２０１８年の段階では産声をあげたばかりの『つばめの杜』は、５年後の２０２３年には、どうなっているだろう。にぎわいを増しているのか、思惑外れになってしまうのか。それはわからない。僕の語るべき事柄でもない。ただ、いずれにしても、津波の傷痕は年を追うごとに小さくなっていくだろう。

そして10年後、２０２８年の山元町は、どうか。震災前の4分の3になってしまった人口は戻っているのか、減りつづけてしまうのか。コンパクトシティ構想が正解だったのか、誤りだったのか。それは時の審判を待つしかないことではあっても、津波の傷痕がさらに小さくなっていることだけは確かだ。被災の記憶が遠ざかり、薄れていく。その頃には、ここがかつて被災地だったことも、あらためて言われなければピンと来ないかもしれない。

けれど、「見えなくなること」と「消えてなくなること」とは違う。「思いださなくなること」と「忘れること」と「忘れ去ってしまうこと」とが、それぞれ微妙に、しかし確実に違っているように。

２０１８年、春。

震災直後の状態を、血がどくどくと流れている傷にたとえるなら、止血を施し、傷口を縫合して、いまはそれがカサブタになったところなのだろう。多くのところで血は止まった。

けれど、まだ癒えてはいない。

やがて、乾いたカサブタは剝がれ落ちて、新しい肌が顔を見せる。傷口からの血が止まることが「復旧」だとするなら、「復興」とは、すなわちカサブタがすべて剝がれ落ちること——あせって無理やり剝がすと、再び血がにじんでしまうところも含めて。

すべてのカサブタがきれいに剝がれ落ちるのはいつだろう。

参考までに申し上げておく。復興の舵取り役を担う復興庁は、2021年3月31日までに廃止されることが決まっている。あと3年で復興は完了する、少なくとも復興庁という独立した省庁を構えるほどではない状況まで進んでいる、という理屈なのである(——ねえ、それって、どう思いますか?)。

だが、たとえ3年後にすべてのカサブタが剝がれ落ちたとしても、かつてそこに傷があったことは消えないし、消してはならない。なにごともなかったかのようにふるまうわけにはいかないのだ。2011年3月11日を体験した僕たちは皆、かつてそこから血が流れ出ていたことを知っているのだから。

いまはカサブタがある。傷ついた場所がわかる。新しく生まれた街から車で数分の距離に、まだ時計が止まったままの地区がある。ならば、カサブタをたどって歩くしかないではないか。

２０１８年のいま、ここに、こんなカサブタがあります、と報告すること。剥がれたはずのカサブタの痕から血がにじんでいました、と伝えること。あるいは、カサブタの下にピンク色のみずみずしい肌が覗いていました、もうじき剥がれそうですよ、と喜びを分かち合うこと。

それが、２０１８年の僕の旅の目的になるだろう。

＊

山元町の沿岸部に、被災した建物が残っている。町立中浜小学校の校舎である。鉄筋コンクリート2階建ての校舎は、津波で2階天井付近まで浸水した。だが、児童や教職員ら90名は屋上に避難して全員無事だった。事前の避難マニュアルでは「内陸部にある坂元中学校へ避難すること」と決められていたのだが、テレビのニュース速報で知った津波の到達予想時刻はわずか10分後、「下級生の子は走っているうちに津波に追いつかれてしまう」という現場の判断で屋上を選んだのが奏功したのだ。

その校舎は、津波の衝撃を物語って、窓ガラスの大半がない。ステンレスの窓枠もよじれるように曲がり、照明やエアコンの配線がコンクリートから剥き出しになっている。「震災の記憶を伝えるために、遺構として保存を」という声を受けて、町では2019年度から改修工事に取りかかるのだという。

立ち入り禁止のテープが張り巡らされた校舎内は覗き込むことしかできないが、校舎のまわりは歩ける。2017年の文化放送のドキュメンタリーでも、校舎の前でコメントを録音した。

あれから1年2ヶ月、校舎の様子はほぼ変わっていない。ただ、前年の1月に訪れたときにはなかった「色」が、いまはある。校庭の小さな花壇に、三色すみれが咲いていたのだ。

土とコンクリートと枯れ草のくすんだ色に囲まれたなか、すみれの花の黄色や紫はひときわ鮮やかだった。

誰が種を蒔いたのだろう。学校の関係者なのか、被災地巡りの途中に立ち寄った人なのか、近くで海岸の護岸工事をしている人なのか。いずれにしても、誰かが――震災後にここを訪れた誰かが、蒔いたのだ。

本人が愛でるためではあるまい。熱心に水やりをしたわけでもないだろう。もしかしたら、種を蒔いたきり、二度と中浜小学校を訪れることはなかったのかもしれない。何年前？　去年だろうか。おととし以前に蒔いた種が花を咲かせ、実をつけて、また次の年に芽吹いて……を繰り返しているのだろうか。すみれが自然に咲きつづけるのがどれほど難しいのかは、不勉強ゆえに知らない。けれど、フィクションのお話を長年書いてきた身とすれば、何年も前に種を蒔いたものが、今年もまた春に花を咲かせたというのが、いいな（そういう発想だから、オレのお話はいつも「甘い」と叱られてしまうのだ）。

とにかく、花が咲いていた。誰に見られるあてもなく、夜になれば漆黒の闇に包まれるはずの、閉校した学校の校庭に、三色すみれは静かに、ひっそりと、美しく、小さな生の歓びを見せていたのだった。

僕の取材は、そんな花と出会うための旅でもあるのだろう。そうであってほしいと、心から願っている。

＊

この原稿を書き終えたら、仙台から東京に持ち帰った『雪っこ』を飲むつもりだ。

冷蔵庫でしっかり冷やした『雪っこ』の、ほんのりとした酸味と甘みを堪能してから、ささやかな苦みを、重石のように胸の隅に置こうと思う。

第一章

そしてまた、あの日が巡り来る

『希望の地図２０１８』の旅は、8年目の3・11から始まる。流れた歳月のぶん、あの日は遠ざかっていく。だが、愛する人を亡くし、また愛する人の帰りを待ちつづけている人にとっての7年間は、どうだったのか――。南三陸、女川と回った僕は、14時46分を、石巻市立大川小学校の跡地で迎えた。

7年後の「あの日」は、静かに明けた。

宮城県南三陸町の日の出は、午前5時52分。朝日がのぼる志津川《しづがわ》湾は、金色の鏡のように凪いでいた。

7年前——2011年3月11日の夜明けの海も、穏やかだったはずだ。前日から冬型の気圧配置が続いていたが、三陸地方の天候は晴れ。金曜日だった。その日が卒業式の学校も少なくなかった。

いつもどおりの朝を迎えた人もいれば、卒業という節目を迎えた感慨とともに布団から出た人もいる。海をなにげなく眺めた人も、きっとたくさんいるだろう。海はあたりまえのように、そこにある。昨日までと変わらない海が、今日もある。夜明けから約9時間後、その海がふるさとを呑み込んでしまうことを知っている人は、誰もいない。

2018年3月11日、前夜から南三陸町に入っていた僕は、まず防災対策庁舎に向かった。

南三陸町は、震災で壊滅的な被害を受けた自治体の一つだ。566人の命が奪われ、行方不明者も211人にのぼる。この防災対策庁舎から避難呼びかけのアナウンスが津波到達の寸前まで続けられていなければ、人的被害はさらに大きくなっていただろう。その一方で庁舎も津波に呑まれ、建物の中にいた43人が犠牲となってしまった。

更地となった町の中心部にぽつんと残された、鉄骨だけの庁舎は、震災の悲劇の象徴として繰り返しメディアに採りあげられてきた。

僕もテレビのドキュメンタリーや新聞・雑誌のルポルタージュの取材で、何度も建物の前にたたずんだ。剝き出しになった赤茶色の鉄骨に無数のコード類が垂れ下がった光景は、なんとも痛ましい。見上げているうちに頰がこわばり、足がすくんでしまったことも、一再ならずある。

だが、いま、庁舎を「見上げる」ことは叶わない。土地の嵩上げ工事が進み、盛り土の道路や川の堤防に立つと、庁舎はむしろ周辺よりも低い位置になる。建物にも近づけなくなった。以前は建物のすぐ前にあった献花台も遠くに移され、そこから眺める建物は、赤と白に塗り直されたこともあって、かつての印象とはずいぶん違っている。

それはそうだろうな。献花台で合掌し、頭を垂れながら、思った。7年の歳月が流れたのだ。さまざまなものが変わる。動く。途切れていたものがつながり、離れていたものが戻る。前へ進む。薄れる。遠ざかる。そして、忘れる。

――そうでない人たちに、会う。忘れることのできない悲しみや後悔を背負い、忘れてはならないんだと訴えつづける人たちに話をうかがってくる。

献花台を後にした僕は車に乗り込み、最初の取材に向かう。しばらく車を走らせて振り返ると、嵩上げされた造成地の丘に隠されて、防災対策庁舎はもう見えなかった。

＊

元・南三陸消防署署長の小畑政敏さんは、いまも重い無念を晴らすことができずにいる。

震災発生当時、小畑さんは気仙沼・本吉地域広域行政事務組合の消防本部予防課長で、地震と津波の対策も担当していた。

「２００４年から、地震と津波の対策はずっと立てていたんです。宮城県沖地震が99パーセントの確率で来ると言われていたので、東北大学の専門家にもさまざまな被害想定をしてもらって、防災計画を立てました」

その時点で想定されていた津波の高さは、６・７メートルだった。それを前提にして避難経路がつくられ、避難所が定められたのだ。しかし実際には、たとえば南三陸町では、高さ15・5メートル――想定の倍を超える高さである。

「ここに逃げればだいじょうぶ、助かるよ、と言っていた場所で、何十人も犠牲になっているものですから。住民の命を守ることが消防の使命で、どんな災害が起きても死者を出さないように、と道のりを歩んできたんですが……」

想定を超え、想像を絶する事態が次々に起きた。

「ほんとうに、戦争映画を観ているような、脅威というか……言葉すら出ないような感じでした」

震災発生から一夜明けた3月12日、気仙沼市の本部にいた小畑さんは、生まれ故郷でもある南三陸町での災害対策本部の起ち上げを命じられた。現地の情報がまったく入らないなか、海岸線の道路が寸断されているので内陸の岩手県一関《いちのせき》市に回り込んで、南三陸町に向かった。

現地では消防署は全壊し、9人の消防署員が行方不明という状態だった。

「署員の捜索もしたいんですが、とにかく、まずは生きている住民、目の前にいる人を救わないと。身内を優先して捜せとは言えません。対策本部にいる署員も、家族の安否が気になっても身動きがとれませんでした」

行方不明になっている署員の奥さんが、事情を知らずに差し入れに来たこともある。同僚が「言えません」と事実を伏せようとするのを、小畑さんは「だめだ、黙っているとかえって不幸になる」と叱咤して、断腸の思いで打ち明けたのだという。

管内では10人の消防署員が殉職した。消防署の脇に建立された慰霊碑には、いまも月命日には署員みんなが訪れ、線香を手向けている。

「いまでも夢に出てくる人がいます。私も、亡くなった署員のお母さんや奥さんに、何度も何度も謝りました」

さらに、小畑さんには、悔やんでも悔やみきれないことがある。南三陸町で一人暮らしをしていたお母さんもまた、津波の犠牲となってしまったのだ。

「震災の2年ぐらい前に、おふくろと話したんですよ。地震があったらどうする、と。うちの実家は海抜13メートルの高さなんです。だから、『おふくろ、ここまで津波が来ることはない。そのときには町が沈んでるし、そんな高さの波が来たなんてことは聞いたことがない。地震があったらウチにいてだいじょうぶだ』と言って、おふくろもそれを覚えていたんでしょうね」

お母さんの遺体は実家の1階で発見された。小畑さんが遺体と対面したのは4日後、それも文字どおりの対面だけで、すぐに仕事に戻った。戻らざるをえなかった。

「おふくろは、自分が救えなかった命だと思っています。ほんとうに消防のプロとして、息子として、お詫びのしようがない。なんで『ウチよりも高いところに逃げろ』と言えなかったのか……ほんとうに、無念です」

7年前の無念の記憶をたどっているのではない。無念は、いまもなお、小畑さんの胸の奥に刻み込まれている。

だからこそ、それまで僕をじっと見据えて話してくれていた小畑さんが、最後の一言の前に、すっと遠くに目を逸らした。そのとき、小畑さんはなにを見つめていたのだろう。誰と向き合っていたのだろう。

*

２０１８年３月１日現在、東日本大震災による死者は、全国で１万５８９５人を数える。前年９月30日の時点で３６４７人になる震災関連死を含めると、２万人近くが亡くなった。いささか古風で詩的な言い方をするなら、無言の帰宅をしたことになる。

その一方で、まだ帰宅の叶わない家族や友人、恋人を待ちつづけている人たちもいる。３月１日現在も、全国で２５３９人が行方不明のままなのだ。

宮城県牡鹿《おしか》郡女川《おながわ》町の髙松康雄さんも、妻の祐子さんの帰りを待っている。祐子さんは、七十七銀行女川支店に派遣社員として勤務していた。地震が発生したあとは支店長の指示で同僚らと一緒に屋上に避難したものの、津波に巻き込まれ、行方不明に。

「最初は陸上の、瓦礫の中を捜し回りました。でも、どうしても見つけられなくて、じゃあ、やはり海かな、と」

しかし、陸上での捜索も困難をきわめるなか、海中となると、とても素人の手に負えるものではない。海上保安部などの潜水士が捜索活動をするのを、じっと見守るしかない――はずだった。

「家に連れて帰ってやりたかったんです」

帰ってくるのを待つのではなく、連れて帰るんだ、という決意が胸に宿った。発見された祐子さんの携帯電話には、あの日、最後に打ったメールが残されていた。〈大丈夫？　帰りたい〉〈津波凄い〉とあった。送信時刻は15時25分。津波が屋上に迫っていた、まさにそのときだったのだ。

祐子さんの〈帰りたい〉という願いに応えるには、ただ待っているだけではなく、迎えに行くしかない。

「自分も海に潜って捜せないかと思って、居ても立ってもいられない気持ちになって、ダイビングを教えてくれるところを見つけて、２０１３年の秋から習いはじめたんです」

「師匠」は、女川町でダイビングショップを営むかたわら、海底の遺体捜索や瓦礫除去などのボランティア活動を続けている髙橋正祥さん。まったくの素人、しかも50代後半での弟子入り志願に、最初は髙橋さんも困惑したという。けれど、「自分の手で妻を家に帰してやりたいんです」と訴える熱意に胸打たれ、指導を快諾。翌２０１４年２月、髙松さんは念願の潜水士になったのだ。

「最初に女川の海に潜ったときは、この海のどこかに妻がいるんだ、と思いました。早く見つけてやりたい、と」

その思いは、いまも変わっていない。だが、7年が過ぎたという現実も、どうしようもなく、ここにある。

「実際に潜ってみると、やっぱり見つけるのは難しいかな、という気持ちはあります」

沈みかけた声を持ち上げるように、「でも――」とひるがえす。「あきらめずに続けていかないと、見つかるものも見つからないだろう、と思っています」

いまは毎月一度のペースで潜って、捜索を続ける。期限は決めていない。「見つかるまでか、自分の体が動かなくなるまで、ですね」と笑ったあと、続けた。

「妻だけではなく、女川町で250人以上の方々がまだ行方不明なんですよ。そういう人たちの遺留品とか、もちろんご遺骨があれば一番いいんですが、それも捜してあげたいと思っているんです」

インタビューは、前述の髙橋正祥さんのショップ『ハイブリッジ』の店内をお借りしておこなった。店は女川駅前商店街『シーパルピア女川』の中にある。2018年3月11日は日曜日だった。インタビューを終えたのは昼食時でもあった。観光客でにぎわう『シーパルピア女川』を眺めていると、ここが被災地だというのを一瞬忘れそうにもなる。しかし、それを戒めるように、スーツに黒ネクタイの人たちが、ちらりほらりとボードウォークを歩いている。間もなく始まる追悼式典に参列する地元の人たちだ。

女川町は、いちはやく復興への道のりを歩んでいる自治体の一つである。たしかに『シーパルピア女川』のにぎわいは、「復興支援」を超えて、自立した商業施設としての力強さを感じさせてくれる。

それでも、町並みの復興と、ひとの心は、足並みを揃えて前に進むわけではない。目に見える町と、見えない海の中も、そう。

「町は復興が進んで、だんだん変わってきました。でも、まだ海の中は瓦礫が手つかずで残っているんですよ」

諭すように言った髙松さんは、毎日、仕事帰りに祐子さんたちを悼むモニュメントに立ち寄って、今日一日のことを祐子さんに報告している。今日、8年目の3月11日も、モニュメントに向かう。

「今日ですか？　今日は……いまどこにいるのかな、と妻に訊くんでしょうね」

髙松さんは静かに言った。

震災が発生したのは、いつなのか。日付は２０１１年3月11日。そこまではいい。では、時刻は——。

多くの人は14時46分と答えるだろう。巨大地震が起きた時刻である。もちろん、それは間違いではない。

＊

だが、児童74人が津波の犠牲になった石巻市立大川小学校で、当時6年生だった次女を亡くした佐藤敏郎さんは、「私たちにとっては、大切な時刻は15時37分なんです」と言った。津波が子どもたちを呑み込んだ時刻である。

地震から津波まで約50分のタイムラグがある。だからこそ、すぐ近くの裏山に子どもたちを避難させなかった学校の指示が問題になり、訴訟にまで至ったのは、周知のとおり。また、校舎は紆余曲折のすえ、震災遺構として保存されることが決まった。その保存を求め、震災の記憶を次代に継承するための「語り部」活動に取り組んでいるのが、佐藤さんなのだ。

「娘は、私の中で、小学6年生のままで止まっています。もし生きていれば、いまは高校生だろうな、大学生だろうな、というイメージはほとんどありません。あのときのまま。でも、それでいいんだと思っています」

あの日は、次女の中学校の制服ができあがる日だった。なにごともなければ放課後、制服を受け取って、おそらくその夜のうちに佐藤さんに制服姿を披露していただろう。

「残念ながら、娘の制服姿を見ることはできませんでした。なんか、そういうのって途中で終わっちゃだめだと思うんですよね。『行ってきます』と『ただいま』はセットでしょう。制服を頼んだら、受け取らなきゃだめですよ……」

佐藤さんにお目にかかったのは、大川小学校の校庭だった。3月11日の追悼式典のあと、お話をうかがったのだ。

震災発生当時、佐藤さんは女川町の女川第一中学校（現・女川中学校）の国語教師だった。つまり、大川小学校の問題では、訴える側と訴えられる側、双方の立場がわかる。板挟みの立場だったのだ。キツかっただろう。部外者にも容易に察しがつく。実際、佐藤さんは2015年3月に教師を退職している。

だが、佐藤さん自身は、それについて弱音めいたものは一切口にしなかった。

「最初は板挟みで苦しんだ時期もあったんですが、逆だな、と思って。私はどちらの立場もわかって、どちらの言葉も言えるんだから、むしろ一番やりやすいんだ、と。やっぱり、亡くなった人は誰一人として、しかたなかったとは思っていませんよ。後悔してますよ。その彼らの後悔と向き合いたいと思うし、好きでこの立場になったわけじゃないけど、役割は持てる……それが私にできることであればやっていきたい、と思います」

学校は辞めた。だが、「いまでも教員をやっているような感じなんです」と佐藤さんは言う。「学校と、学校以外の人たちをつないで、パイプ役や潤滑油、歯車になれるようなことを、いろいろやっています」

その一つが「語り部」の活動である。

当時大川小学校の5年生だった只野哲也さんは、佐藤さんの励ましを受けながら、2017年12月から「語り部」として自らの体験を語っている。

あの日、津波に巻き込まれながらも助かった児童は、4人しかいない。只野さんは、その一人——ただし、3年生だった妹と、母親、祖父、さらに多くの友だちを喪った。

「震災の直後は、取材を受けてしゃべるだけでも、こんなに負担なのかなと思うぐらい、つらかったです。いまでも話していてつらいことも多いんですけど、亡くなった人たちが、どうしてあそこで亡くならなきゃいけなかったのか……べつに頼まれたわけじゃないですし、自分が勝手に考えているだけなんですけど……」

言葉に詰まる。理屈が途中で止まる。それでいい。この3月に高校を卒業して、4月から大学生になる只野さんは、多感な思春期がそのまま「震災後」の日々に重なる。なめらかに話せなくていい、話す必要もない。ただ、伝えたいという思いだけがあれば――それが、ほんとうに、僕にも痛いほどひしひしと伝わってきたのだ。

「未来の人に向けてのメッセージなんですけど、なにげない日常の時間をほんとうに大切にしてほしい。自分も震災の前までは、だらだらと日常を過ごしていたけど、やっぱり震災で家族を亡くして、友だちを亡くして、みんな地元を離れることになると、あらためて、恵まれたところにいたんだな、と……。家族との時間、あたりまえの『行ってらっしゃい』とか『行ってきます』のやり取りがどれほど大切なのか、なくなってしまってから気づいて、後悔しているんです。だから、これからの人には、なくす前に気づいてほしい、って思います」

まだ18歳の只野さんが、「未来」「これから」を繰り返し口にした。それを僕は頼もしく思うと同時に、「きみの世代は、昔の思い出を語り合う友だちをたくさん亡くしているんだなあ」と、涙が出そうにもなった。

そして、只野さんの言葉を聞いたあとは、佐藤さんが話してくれた一言が、ひときわ胸に深く染み入るのだ。

佐藤さんは教師だった頃を振り返って、こう言った。

「震災後に一番変わったのは、子どもたちへのまなざしでした。それまでも『命が大切だ』というのはずっと言ってきたんですが、震災のあとは、子どもたちの頭のてっぺんからつま先まで、すべてが命そのものに見えてきたんです。命が制服を着て、命が教科書を開いているんだ、と……」

ああ、そうか、と腑に落ちた。震災発生から7年、被災地の復興にまつわる報道を見聞きするたびに感じていた、微妙な違和感の正体を、教えてもらった。

町の復興は、もちろん、喜ばしい。産業が復興し、雇用が生まれることは、疑いなく素晴らしい。

それを認めたうえで、それでも僕は、命の話を聞きたかったのだ。喪われてしまった命と、喪われたかどうかすら定かではない命、「なぜだ」を残したまま奪われてしまった命、そして、いま生きている命……。

365日、四六時中、命のことばかりを考えてはいられない。それは認める。

震災発生から7年もたてば、取材は必ずしも「生きるか、死ぬか」の話だけではなくなるだろう。損得も出てくる。なにかを切り捨てていく決断も描かざるをえない。震災直後に描いた『希望の地図』と、7年後に取材を始める今作の違いは、そこが一番大きい。

だが、8年目の3月11日に会った4人の皆さんは、東京から来た部外者に、かけがえのない命の話をしてくれた。いまから始まる取材の旅の重石を僕に与えてくれた。

それを、心の底から感謝したい。

第二章

わが同世代のリーダーたち

震災発生当時、僕は48歳だった。あと5歳上でも下でも、その頃の被災地をルポした前作『希望の地図』の筆致は違っていただろう。2018年、55歳の僕が気仙沼と南三陸で訪ね歩いたのは、期せずして同世代の人たち。皆さん、被災地の過去を刻み、いまを担って、未来へつなごうと奮闘していた。

最近、テレビやインターネットのニュースを観たり、新聞を読んだりするたびに、つくづく、しみじみ、うんざりしつつ思うことがある。

この国には、「リーダーのふりをしたボス」しかいないんじゃないか――。

リーダーとボスは、違う。ボスは「上」にいるが、リーダーは「前」にいる。そこはしっかりと峻別すべきだし、しなくてはならない。

ボスには興味がない。もっと本音を言うなら、嫌いだ。

ボスにすぐに結びつくキーワードは、なんだろう。利権、癒着、中央とのパイプ、予算、補助金、交付金……支配、分配、圧力、権力、ハラスメント、恫喝、腐敗、談合、忖度、もみ消し……ろくなものではない。

被災地にも、残念ながらボスはいる。さまざまな復興事業が動いているからこそ、損得の物差しができて、利害がぶつかり合い、そこにボスの影が見え隠れする。

いつしか、僕は取材の帰り道、ひそかにつぶやくようになっていた。

引っ込め、ボス――。

だからこそ、がんばれ、リーダー――。

宮城県気仙沼市と南三陸町でがんばる、３人の紛うかたなきリーダーに会ってきた。

取材の旅は、期せずして、1963年3月生まれの僕自身の世代について、あらためて考えさせられる旅にもなった。

まず最初にご紹介するのは、1963年4月生まれ——学年こそ一級下でも、同い歳の髙橋正樹さんである。

＊

渡された名刺には、〈気仙沼地域エネルギー開発株式会社〉とあった。間伐材などの生物資源を電力に変えるバイオマス発電を手がける会社の、髙橋さんは創業社長である。

もともとガソリンスタンドや漁船用の油を供給するタンカーの運航など、エネルギー関連の事業を地元・気仙沼市で手広く営んでいた髙橋さんだが、事業規模の大きさは震災で受けたダメージの深さにもつながる。

「市内に15事業所あったうち、ガソリンスタンド2店舗を除いて、あとはすべて被災して、ほぼ全壊でした」

人的被害もあった。社員が4人に、出入りの業者さんが2人、合わせて6人が津波で亡くなった。

だが、髙橋さんは自社の再建だけに注力できる立場ではなかった。震災直後に起ち上げられた震災復興市民委員会で、市長から「ぜひ委員会の座長に」と請われて、本人いわく「勘弁してくれよというのが本音だったんですが」、結局引き受けたのだ。

バイオマス発電の話も、その委員会で議論を進める中で出てきた。震災で電気やガス、ガソリンのない苦しさを嫌というほど味わってきた気仙沼だけに、復興計画でもエネルギーの自給問題は大きな柱になった。外からエネルギーを持ってくるのではなく、たとえ全体の数パーセントでも自給できないか。いわばエネルギーの地産地消である。

「太陽光や風力という話もありましたが、山が海のすぐ前まで迫ったリアス式海岸なんだから、山を使わない手はない、と」

人口減少や産業構造の変化によって、人の手が入らなくなって荒れてしまった山林の問題は、全国各地の地方自治体に重くのしかかっている。気仙沼も例外ではない。間伐材で電力をつくるバイオマス発電がうまくいけば、山林問題とエネルギー問題の解決に加え、地元に新たな雇用も生まれるのだが……。

現実は甘くない。「おたくがやってくれないか」と話を持ちかけられた髙橋さんは、調べれば調べるほど前途多難を思い知らされた。バイオマス発電に挑んだ自治体や企業はどこも苦戦続きで、プラントはつくったものの稼働していない例も珍しくないという。

だが、髙橋さんはあえて火中の栗を拾う覚悟を決めた。

なぜ——？

「震災当時、私は47歳だったんです」

それがなによりの理由だった、という。

「自分の年齢を考えると、日本初と言ってもいい事業にチャレンジするのは、このあとはもうないでしょうし、震災で失ったものが大きかったぶん、これ以上失うものもないだろう、と」

その一言を聞いた僕は、大きくうなずいた。髙橋さんの決意に、インタビュアーというより同世代の一人として、拍手したい気持ちだった。

髙橋さんはさらに続けた。

「震災のあと、日本中や世界中の人にお世話になったことの恩返しもしたいんです。山が放置されて荒れ果てているのは、日本全体の問題ですよね。じつは、気仙沼は面積の7割が山林なんですが、この数字は、日本全体の割合と同じなんです」

つまり、気仙沼は日本の縮図というわけだ。その気仙沼での試みは、実際に全国各地の自治体や起業家から注目を集め、見学希望の申し出もあとを絶たない。

「山林の問題の、解決とまではいかなくても、解決の糸口ぐらいつかめたら、それが皆さんへの恩返しになるんじゃないか……」

事業の滑り出しは上々。ただし、安定した軌道に乗るにはまだ時間がかかるし、これからも乗り越えなければならない課題は出てくるだろう。髙橋さんもそれはよくわかっている。長距離走になる。ゴールまで一人で走り抜くのではなく、自身はリレーの第一走者の役目をまっとうすることだけを考えている。

「プラントの試運転の時は、僕が先頭に立って動かしたんですけど、いまは名古屋からわざわざ移住してくれた所長がいますから、彼が一番詳しいんです。僕なんか、いま動かせって言われても困っちゃいますよ」

バトンを一つ渡した。そのことを告げるときの苦笑いの顔は、ほんとうにうれしそうだった。

＊

続いても、わが同世代――1962年5月生まれの阿部憲子さんと、憲子さんの一つ下、1963年10月生まれの弟・泰浩さん姉弟の登場である。

南三陸町で待つ憲子さんを訪ねる前に、気仙沼市で泰浩さんにお目にかかった。挨拶は

「初めまして」ではなく「ごぶさたしております」になる。じつは、泰浩さんには前作『希望の地図』の取材でもお世話になったのだ。

泰浩さんは、観光事業と水産事業を手がける阿部長《あべちょう》商店の2代目社長である。震災のときには、9つあった水産加工場のうち8つが全壊するなどの大きな打撃を受けながらも「全従業員の雇用維持」を宣言し、工場が復旧するまで仕事がなかった従業員にも、手持ちの資金を取り崩しながら震災前と同じ給与を払いつづけた。

『希望の地図』で、その決断に至った胸の内を尋ねると、泰浩さんは「私は親父の姿を見てきましたから」と言った。

親父——阿部長商店の創業者である泰兒《たいじ》さんは、もともと志津川町（現・南三陸町）で鮮魚商を営んでいたのだが、1960年のチリ地震による津波で家を流され、財産もすべて失ってしまった。

だが、泰兒さんは挫けなかった。翌年には鮮魚仲買の阿部長商店を文字どおり裸一貫で興し、関連会社を含めると従業員800人を擁するまでに会社を育てあげた。創業の翌年に生まれた憲子さんも、翌々年生まれの泰浩さんも、そんな父親の背中を見て育ってきたのだ。

2011年は、阿部長商店の創業50周年にあたる。その記念すべき年に大きな正念場を迎えてしまった泰浩さんに、会長に退いていた泰兒さんは力強く言った。

「チリ地震の津波では全部を失ったが、今度はそうじゃない。まだ残っているものもたくさんあるんだから」

泰浩さんはその一言で気が楽になり、同時に「従業員の雇用を守る」という覚悟も固まった。津波に流されずに残っているもの——それが、まさに「人」だったのだ。

7年ぶりに会って久闊《きゅうかつ》を叙《じょ》した泰浩さんは、お元気そうだった。震災の年よりもむしろ若返ったようにも見える。

「いま、こういうのを開発しているんです」

輸出用の魚肉ソーセージの試作品を見せてもらった。狙う市場はイスラム諸国で、厳しい戒律に則ってつくられたハラル・フードとしての認証も得ているという。

パッケージにはリアス式海岸のシルエットに〈SANRIKU〉のロゴが入っていた。三陸の海はあの日、大きな悲しみをもたらした。けれど、海は豊かな恵みもまた、人びとに与えてくれる。そして、海はなにより、世界へとつながっているのだ。

*

その三陸の海を一望できる南三陸ホテル観洋で、阿部憲子さんは僕を待ってくれていた。

憲子さんは、このホテルの女将である。短大卒業後に、父・泰児さんに仕事を任せられたのだという。

「女将になったときには、まったくの初心者、素人です。母は女将ではありませんでしたから、教わることもできません。20代の頃は、失敗と反省の積み重ねで、いま振り返ってみても、まわりの方々にほんとうに申し訳ないことばかりしてきたと思ってます」

そう言って肩をすぼめる憲子さんだが、同じ時代に青春を過ごした同世代の実感から申し上げるなら、なんとも頼りがいのある雰囲気、「彼女に任せておけばだいじょうぶ」とみんなが信頼を寄せる学級委員タイプの女性なのだ。

実際、ホテル観洋では、従業員はもとより、地元の働くママを少しでも支援したいという思いで、25年も前から託児所を運営している。

「父はずっと『地域とともに』『地元に少しでも役立ちたい』という考えを持っているんです。たとえば、このホテルの温泉も、専門家の先生には『ここは掘っても出ないよ』と言われたんですが、父は、観光をやっていくのなら温泉がないとお客様を呼べないし、地域の人たちの健康促進にもつながるので、ずっと深くまで……2000メートルまで掘削して、温泉を掘り当てたんです」

父親の薫陶が活きている証拠に、南三陸町の名物料理として『南三陸キラキラ丼』を発案した憲子さんは、その名称を自分のホテルで独占するのではなく、町内の飲食店も使えるようにした。

「南三陸には美味しいものがたくさんあるんですが、ウニとかアワビとか、食材の名前しか出てこないんです。だから名物料理をつくったほうがいいですよね。旅館やホテルに泊まったお客様は、晩ごはんに品数が多いものを召し上がるので、じゃあ、お昼ごはんは丼もののほうがいいし、丼と言えば男性というイメージが強いので、キラキラとつければ、若い方々や女性の関心を惹けるのではないかと思いました」

さらに、いま、震災復興の一環として大型観光施設『南三陸さんさん商店街』ができたからこそ、その施設に入っていないお店を紹介し、スタンプラリーを企画した『南三陸てん店《てん》まっぷ』（てんでんこ＝バラバラ、を踏まえたネーミングである）もつくった。

そんなアイデアが次々と湧いてくる源でもある南三陸ホテル観洋は、高台に建っていたこともあり、津波による被害は軽微だった。そのため、震災直後から被災した地元の人たちを積極的に受け容れ、また支援活動の前線基地となって、南三陸町の復旧・復興に大きく寄与したのだが――じつは、ここにもまた、泰兒さんの教えが活きていた。

「父はチリ地震の津波で一度すべてを失っていますから、水産業を軌道に乗せてホテルの事業に乗り出すときも、立地はとにかく高台で、地盤がしっかりしている岩盤の上にしろ、と。

ここだけではなくて、気仙沼にある系列のサンマリン気仙沼ホテル観洋も、気仙沼プラザホテルも、まったく同じような場所に建っているんです」

だからこそ、気仙沼の2つのホテルも、南三陸ホテル観洋と同じように地元の被災者を支え、支援活動の拠点となることができたのだ。

とにかく、憲子さんの話の端々に泰兒さんが登場する。

「父は、なにもないところから会社をつくりあげた創業者ですから、どんなときでも前を向いて、パワーがあるんです。その姿をずっと見てきたことが大きいでしょうね」

憲子さんの話に、僕は同世代の端くれとして、うわあ、わかるなあ、と大きくうなずいた。

僕たちは若い頃に「新人類」と呼ばれた世代だ。高度経済成長期に産湯を使い、豊かさ(そして平和)を自明のものとして育ってきた。足腰の弱さは自覚している。いまどきの若者の「草食系」を、僕たちは決して批判できないはずなのだ。

しかし、そんな新人類世代も、いつまでも子どもではいられないし、いつまでも若者の立場にとどまっていられるわけでもない。おとなになり、親の世代になり、それぞれの世界で、それぞれの立場でのリーダーシップを問われるようになったとき——苦労してきた親の背中が道しるべになるというのは、ほんとうに、よくわかる。

そのうえで、子どもの世代は、親の背中を追うだけではなく、自らの「前」を向かなくてはならない。道しるべはガイドではあっても、ゴールではないのだから。

憲子さんの「前」は、「後ろ」を忘れないことだった。

南三陸ホテル観洋では、2011年夏から『語り部バス』を運行している。自らも被災者であるホテルの従業員がガイド役になって南三陸町内を回り、被災の状況や教訓を伝える活動である。

僕もバスに乗ってみた。年配のホテル従業員の語り部さんが、更地になったところを指差して、「ここが、津波で流された私の自宅のあった場所です」と説明してくれたときには、胸が塞がれた。

嵩上げ工事が進んで、町の地形すら大きく変わってしまったいま、じつは震災当時の悲しみや苦しみを「目で見て感じる」ことは難しい。だからこそ、当事者が「語る」ことには意味と意義がある。それは今後、時間がたつにつれて重みを増すだろう。広島や長崎、そして沖縄の語り部活動がそうだったように。

『語り部バス』は内外から高く評価され、2017年にはジャパン・ツーリズム・アワードの大賞を贈られた。

憲子さんは、その受賞の言葉の中で、こう言っている。

〈語り部活動は国や世代を超えて地域の歴史や文化の継承を未来へ伝え、多くの方々が現地

を訪れるキッカケとなり、地域の交流人口拡大や縁と絆を結んでおります〉

ここでもやはり、泰兒さんがなによりも大切にしてきた「地域」という言葉が出てくるのだ。

2018年のいま、ホテルは美しい海と美味い魚を求めて南三陸を訪ねるお客さんでにぎわっている。それでも、憲子さんは、いまも仮設住宅に暮らす人たちに向けて温泉の無料入浴デーを月に何日も設けたり、子どもの学習支援など、地域の被災者への静かな支援を続けている。

「前」を向くことは、決して「後ろ」を切り捨てることではない。

憲子さんと泰浩さんに大きな影響を与えてくれた父・泰兒さんの原点に1960年のチリ地震の津波があったように、お二人の今後——経営者や女将として円熟を迎えるこれからの日々に、2011年の経験は、きっと大きな重石になってくれるだろう。

＊

バイオマス発電の事業に挑んでいる髙橋正樹さんは、リレーの第一走者として、次の世代に絶大な信頼を置いているからこそ、自分は解決の糸口を見せられればいいんだと言った。

一方、父親という大きな存在を意識せざるをえなかった阿部泰浩さんと憲子さんは、だからこそ、「後ろを忘れない前」を向いて、震災後の日々を生きている。

これが俺たちの世代なんだよ、と言おうか。

これが、四捨五入して還暦、アラ還になってしまった世代の立ち位置なんだぜ、と笑おうか。

リーダー（LEADER）は、リード（LEAD）に由来する言葉である。一般にはLEADは「先頭を行く」「道案内をする」と解釈されるが、さらに語源をさかのぼるとLEITHという言葉に行き着く。それは「境界線を越えて前に踏み出す」という意味だという。僕が記事の最初に3人のことを「紛うかたなきリーダー」と紹介した理由、わかっていただけただろうか。

過去にほとんど成功例がなくてもバイオマス発電に挑んだ髙橋さん、周囲の反対を押し切って全従業員の雇用維持を実現させ、いま、イスラム諸国へのビジネスチャンスをつかもうとしている阿部泰浩さん、そして、「なぜこんなにがんばるんですか」という不躾な質問をぶつけた僕に、はにかみながらも「使命感ですかね」と答え、すぐに照れくさそうに「まあ、頭は弱くても気持ちは強いほうかな、と震災で確認できましたね」と笑う阿部憲子さん……。

アラ還になったリーダーたちに、幸よ多かれ。

原稿を書き出す前に、僕たちの子ども時代のヒーローにしてアイドルだった西城秀樹さんの訃報が飛び込んできた。

ヒデキは歌っていたよね。「♪きみも、元気出せよ」――わが同世代のリーダーたちは、そのフレーズを胸の奥で繰り返しながら、震災後の7年間を過ごしていたんじゃないだろうか。

第三章 シンボルの底力

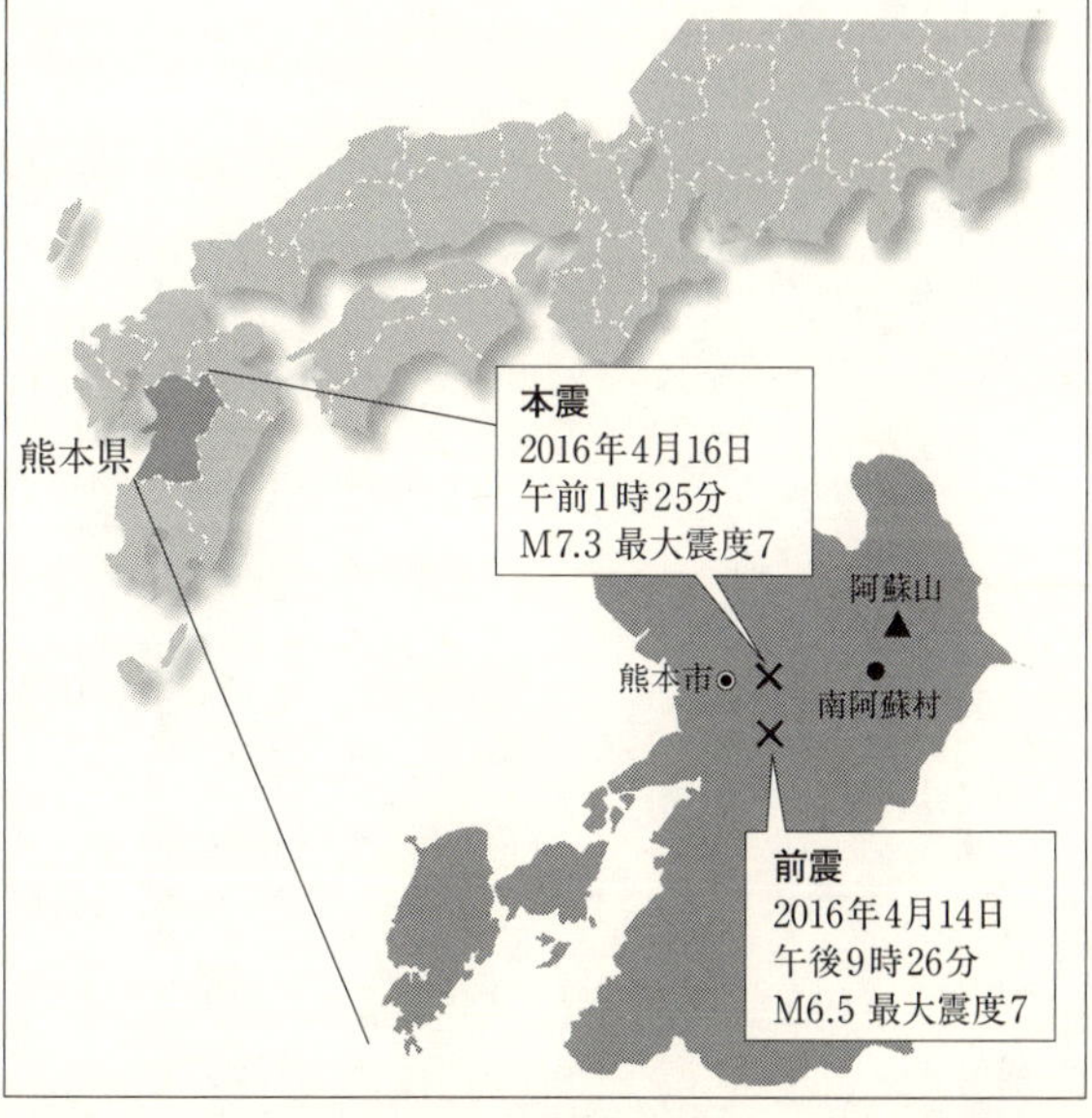
熊本県
本震
2016年4月16日
午前1時25分
M7.3 最大震度7
阿蘇山
熊本市
南阿蘇村
前震
2016年4月14日
午後9時26分
M6.5 最大震度7

九州・熊本に飛んだ。２０１６年の地震で大きな被害を受けた熊本城の修復は、2年後のいま、どこまで進んでいるのか。工事の進捗状況の取材は、同時に、ふるさとのシンボルに寄せる熊本の人たちの思いの強さと深さを僕に教えてくれた。そして、取材の最後に、うれしいハプニングが……。

４月の空を、ヘリコプターが飛ぶ。テレビ局がカメラを回しているのだろう。いや、新聞社が航空写真を撮っているのかもしれない。いずれにせよ報道機関が飛ばしたヘリだ。ついさっきも、別のヘリが上空でホバリングしていた。いまのヘリが飛び去ってしばらくすると、また違うマスメディアのヘリがやってくるはずだ。

僕は熊本にいる。熊本城の立ち入り規制区域の中に特別に入れてもらって、６階建ての大天守を見上げ、さらにその大天守の上空を飛ぶ報道ヘリを見つめている。

２年前――２０１６年４月の熊本の空にも、報道ヘリは何機も飛び交っていた。息を吞むような惨状をカメラが映し出し、機上のレポーターが伝える。映像は不安定に揺れ、レポーターの声も上ずっていた。

まさか、こんなことが――。

カメラが無言で伝える。

どうして、こんなことに――。

レポーターは、言葉よりも、むしろ息を吞んだ沈黙で、それを訴えかけてくる。

２０１６年４月14日、21時26分。最初の地震が熊本を襲った。熊本市中心部にそびえる熊本城も、長塀が80メートルにわたって崩壊するなどの大きな被害を受けた。マグニチュード６・５、熊本市の震度は６弱。誰もが、これが本震だと思っていた。余震が続くなか、まさかこの地震を超える揺れが襲うとは、夢にも思っていなかった。

だが、その「まさか」が起きた。

4月16日、1時25分。本震。マグニチュード7・3、熊本市の震度は6強。14日の時点ですでに大きく傷ついていた熊本城に、前震を上回る激しい揺れに耐える力は残っていなかった。

重要文化財建造物の13棟が被害を受け、うち2棟は倒壊してしまった。熊本城全体で973面ある石垣の229面が崩落、膨らんだり緩んだりした箇所も含めると半分以上の517面が被害を受け、陥没や地割れを起こした地盤は70ヶ所に及んだ。報道ヘリのカメラが映す大天守は、瓦がほとんど崩れ落ちて、白茶けた屋根が剥き出しになっていた。

1607年に加藤清正によって築城されて以来、難攻不落と讃えられ、事実、1877年の西南戦争では官軍が籠城し、火災で天守と本丸御殿などを焼失したものの薩摩軍を一歩も城内に入れなかった。そんな日本屈指の名城も、大地震という天災の前には為すすべもなく「落城」してしまったのだ。

あれから2年——。

何機もの報道ヘリが大天守の上空を旋回している光景は、あの日と同じだった。だが、パタパタパタ、というヘリ独特のブレードスラップ音は、2年前よりずっと軽やかに聞こえる。うれしいニュースの取材だから、なのだろうか。

２０１８年４月３日、復旧工事中の大天守の最上部を覆っていた防水シートが、クレーンでとりはずされた。前年11月に設置されたシートの下では、屋根の瓦葺きが進められていたが、それがようやく終わり、瓦の隙間を埋めた漆喰も固まったのだ。

「一歩、前進です」

城内に僕を案内してくれた熊本城総合事務所の津曲《つまがり》俊博さんは、感慨深そうに大天守を見上げた。あの日無惨に剥き出しになってしまった屋根に、ようやく瓦が載ったのだ。復旧工事の担当者という以前に、熊本に暮らす一人として、やはり、ほっとするものがあるのだという。

「今月中に、しゃちほこも載ります」

工事は順調に進んでいる。ただし、長期戦である。

大天守の側面にはまだ作業用の足場や落下物を防ぐシートが張り巡らされていて、外観の復旧が終わるのは２０１９年秋の予定——あと1年半。隣にそびえる小天守を含めた天守閣全体の復旧完了は、２０２１年春頃になるという。

「大天守はもともと１９６０年に鉄筋コンクリート造りで復元されたものです。ですから復旧も比較的スムーズに進められます。問題は、櫓などの木造の建造物ですね。石垣の安全性も確かめながら復旧をしなければならないので、どうしても時間がかかってしまいます」

重要文化財も多い。石垣の石一つひとつをナンバリングして、元の位置に戻していかなくてはならない。

津曲さんは崩れた石をまとめて保管してある一角を指差して、「これはただの瓦礫ではないんです、文化財なんです」と言った。

その言葉を聞いたとき、7年前の東日本大震災の光景がよみがえった。

被災地を埋め尽くした瓦礫の山は、遠目には黒ずんでいても、近くに寄ると、驚くほど色が豊かだった。衣類、食器、家具、家電、本、写真……その色の鮮やかさが、だからこそ、悲しかった。「瓦礫」は決して「残骸」ではなく、「廃棄物」でもないのだと思い知らされた。うずたかく積み上がっていたのは、断ち切られた暮らしの証だった。あの日のあの瞬間まで続いていた日常の残り香が、そこには確かにあったのだ。

熊本城の崩れた石垣も、そう。一つの建造物が傷ついてしまうというのは、その建物があった風景が傷つき、そしてその風景とともにあった人びとの記憶もまた傷ついてしまうことなのだ。まして、その建物が、街のシンボルだったなら……。

＊

城下町には、独特の景観がある。

ビルが建ち並んで往時の面影はだいぶ薄れているにしても、城下町は、文字どおり城の下に広がっている。山城でも平城でも、城より高い建物はないし、人びとから身を隠すように建っている城もない。

城下町に暮らす人びとは、どこにいても、顔を上げれば遠くに城を眺めることができる。じっくり凝視するというのではなく、ふと気づくと——いや、それを意識することすらなくても、城はいつも、風景のどこかにある。

「地震によって、ああ、僕たちは城下町に住んでいるんだなあ、と気づかされました」

熊本城のお膝元・下通《しもとおり》商店街で貸しビル業を営み、商店街の事業部長も務めてきた長江浩史さんは言う。

「崩れた石垣の中に昔の玉石があったりするのを見つけると、城の歴史が感じ取れて、僕らも長い歴史の中にいるんだなあ、と思うんです」

熊本城は400年以上の長きにわたって、ずっとここにあった。ずっと街の人びとを見守り、また人びとのまなざしを受け止めてきた。

だからこそ——。

熊本城総合事務所の津曲さんは、「熊本城の復旧の位置付けというのは、ひじょうに重要な、価値のあるものだと思っています」と言った。

熊本城の復旧より被災者の生活再建のほうが先ではないか、という声があがることも当初は覚悟していた。

だが、実際にはむしろ逆、早く熊本城を復旧してほしいという声が圧倒的に多かった。城が元通りになっていく姿を励みに、自分たちの生活再建に取り組みたい、と。

やはり、城は街のシンボルなのだ。

屋根瓦がほとんど落ちてしまった2016年のあの日の熊本城は、被災地の悲しみと苦しみを象徴していた。

ならば、復旧工事中の熊本城の「いま」は、被災地が一歩ずつ前に進んでいることにも重なるはずだし、重ならなくてはならない。

県庁に移動して、熊本県全体の復旧・復興の進捗状況を取材した。小野泰輔・副知事にお話をうかがい、副知事室を引きあげて廊下に出た——そのときだった。

廊下の先に、熊本城と並ぶ熊本のシンボルがいた。

こっちを振り向いて、僕と目が合うと、トコトコと体を揺すって駆けてきた。

くまモンである。

くまモンは、２０１１年の九州新幹線全線開業に向けてのキャンペーンから生まれた。デビューは開業前年の２０１０年３月、『春のくまもとお城まつり』だった。登場のときから熊本城との相性抜群なのだ。

その後の人気ぶりは、いまさらあらためて書きつけるまでもないだろう。

しかも、くまモンはただ愛らしさを振りまいているだけではない。あどけない笑顔の奥には、じつは深い悲しみが包み込まれているのではないか――？

＊

２０１１年３月12日の九州新幹線開業日は、九州の各地で大々的にセレモニーやイベントが繰り広げられる予定だった。くまモンにとっても最大の晴れ舞台である。

ところが、その前日に、東日本大震災が発生した。セレモニーやイベントは次々に自粛され、くまモンも活動を休止する。それを境にして、くまモンはキャラクターとして一回りも二回りも大きくなった、と僕は思うのだ。

活動再開は３月25日のこと。大阪市に出向いて、東日本大震災の募金活動をおこなった。

また７月には、宮城県の南三陸町と東松島市を訪問して、被災者を励ました。熊本県のＰＲ

を超えた任務を与えられたくまモンは、その大役をみごとに果たしたわけだ。

さらに2012年10月には『くまもとから元気をプロジェクト』が始まり、東日本大震災の被災地や、同年7月に発生した九州北部豪雨の被災地を回った。現地で熊本県のPRはおこなうものの、それはあくまでも従。プロジェクトの主眼は、あくまでも被災地を元気づけ、現地の状況を発信することにある。そのために人気者のくまモンをどうぞご利用くださいというプロジェクトだった。

くまモンは、「熊本県の」キャラクターから「みんなの」人気者になった。育った。僕たちがそれを求めた。

震災以降の日々、それは巨大津波と原発事故によって国土が大きく傷つき、人びとの心がさまざまな局面で分断され、対立を招き、憎悪にまで至ってしまった7年間だった。くまモンはそんな時代を生きる僕たちに、つかのま安らいだ笑顔をもたらし、和んだひとときを与えてくれたのだ。

そのくまモンが――傷ついた。

*

熊本が本震に襲われた4月16日、マンガ家のレジェンド・ちばてつや氏のもとに、親交の深い同業者の森田拳次氏からファックスが届いた。

顔に絆創膏を貼って松葉杖をつき、腕を三角巾で吊った、満身創痍のくまモンのもとに男性二人（森田氏とちば氏だろう）が駆けつける一コマのマンガが描いてあった。

ちば氏は〈横浜に住む森田拳次さんから、／我々マンガ家も何か応援しなくては、と／先ほど、このFAXが来ました〉と、自らのブログに森田氏のマンガをアップした。

それを見た『はじめの一歩』の森川ジョージ氏が、くまモンを励ますマンガを描こう、とツイッターで呼びかけると、わずか3日間でプロ・アマ問わず2000作以上の作品が投稿された。その中には、熊本県に居を構える『巨人の星』の川崎のぼる氏や、同県出身の『ONE PIECE』の尾田栄一郎氏もいる。マンガ家仲間の絆を実感させてくれる話ではないか。

いまも「くまモン頑張れ絵」で検索すれば数多くの作品を見ることができる。締切直前の修羅場に描いたとメモ書きのついたものもあって……なんだか、オレ、こういう話って好きだな。

くまモンの版権を持つ熊本県も、すぐさま、粋な対応をした。くまモンを利用するにあたって、本来なら事前に利用申請手続きを取らなくてはならないのだが、特例措置として地震支援のための募金やチャリティーでのイラスト利用は許諾不要にしたのだ。それが4月19日のこと。

さらに、4月28日には、ACジャパンが被災した熊本県と大分県で、「#くまモン頑張れ絵」として臨時キャンペーンCMを始めた（それ以外の地域はウェブで視聴可）。そのCMに作品を寄せたマンガ家は、ちば氏と森川氏をはじめ、『ちびまる子ちゃん』のさくらももこ氏、『キングダム』の原泰久氏、そして『進撃の巨人』の諫山創氏という錚々たる顔ぶれである。

これが、くまモンの底力——。

人気マンガ家が動いたことがスゴいのではない。有名無名など関係ない。くまモンのスゴさは、「被災」というものをきわめて印象的に、そして理屈抜きに、可視化してくれたところにある。

地震で傷ついてしまったものはなにか。奪われてしまったものはなにか。いまの被災地はどういう状況なのか。その被災地に、我々はなにをどうすればいいのか。

2018年4月13日現在、地震による直接の死者は50人、関連死も含めると267人の命が奪われた。避難者は最大で18万3882人にのぼり、推計の被害総額は最大で4・6兆円にも達すると言われている。

そういった数字の持つ力は、言うまでもなく大きい。

けれど、人の心は数字だけで動くわけではない。

あのくまモンが、顔に絆創膏をつけて、松葉杖をついている。そのビジュアルを目の当たりにして、そうか、これが「被災」ということなのか、と痛感した人は数多いはずだ。石垣が崩れ、屋根の瓦が落ちてしまった熊本城を見て涙し、少しずつ復旧が進んでいる城の様子に励まされる人たちが数多いのと同じように。

熊本城も、くまモンも、やはりシンボルなのだ。

くまモンを早く笑顔に戻したいと願ってマンガ家が作品を発表したことと、熊本城の一日も早い復旧を願って全国の皆さんが「復興城主」として寄付をすることは、根っこの部分でつながっている。

もちろん、あわてて言っておかなくてはならないのだが、「わかりやすさ」には落とし穴だってある。くまモンや熊本城の陰に隠れてしまった「わかりづらい存在」のことも決して忘れてはならない。たとえば熊本城のような存在を持たない益城町《ましきまち》や南阿蘇村をはじめとする被災地については、地震から2年後の状況はなかなか報じられることがない。全国ネットのニュースや新聞で報じられる被災地の背後には、もっとたくさんの、報じられない被災地がある。それを忘れてはならない。絶対に、決して、忘れてはならないのだ。

それを肝に銘じつつ、やはり、思う。

熊本に、お城があってよかった。

熊本に、くまモンがいてくれて、ほんとうによかった。

くまモンはすっかり元気になった。あと何年かすれば、「２０１6年4月のくまモンは全身に大ケガをしていたんだぜ」と言っても、ピンと来ない若い連中も増えているかもしれない。

それでも、よーく目を凝らせば、くまモンのおでこには絆創膏を剝がした痕が見えるかもしれない。見えなければいけないんだぞ、とも思う。

熊本城の復旧は20年の計画で進められる。20年後、僕は75歳の紛うかたなきおじいちゃんである。20年をかけて元通りになった熊本城を見上げる熊本の人たちは、ほんとうに感慨深いだろうな。それを見てみたい。心から思う。

皆さん、笑顔だろうか。泣き顔だろうか。瞬いたまぶたの裏に、瓦が落ちた大天守の無惨な姿がくっきりと浮かぶとき、やはり、人は笑うのではなく涙を流してしまうのだろう。

＊

くまモンが県庁の廊下を駆けてきた。たまたま出くわした僕のことなど、くまモンはなにも知らないだろう。カメラマンや音声スタッフと一緒にいるのを見て、とりあえず愛想良くしてくれただけかもしれない。

それでもいい。うれしかった。うわあ、と歓声をあげ、両手を広げて、くまモンを迎えた。抱擁を交わした。くまモンのあどけない顔は、動かない。「え？　あなた誰だっけ？」という声が聞こえてきそうな気もしないではなかった。

だが、ほんとうにうれしかった。取材の写真をお願いしているTさんにツーショットを撮っていただき、県庁を出たあと、家族にＬＩＮＥで画像を送った。

ふだんはオレの投稿に反応などしない家族から、すぐさま「え、いいなあ」「うらやましい」「パパ、顔でかい」とメッセージが来た。

これもまた、くまモンの底力なのかもしれない。

第四章

この町は「ふるさと」になるか？

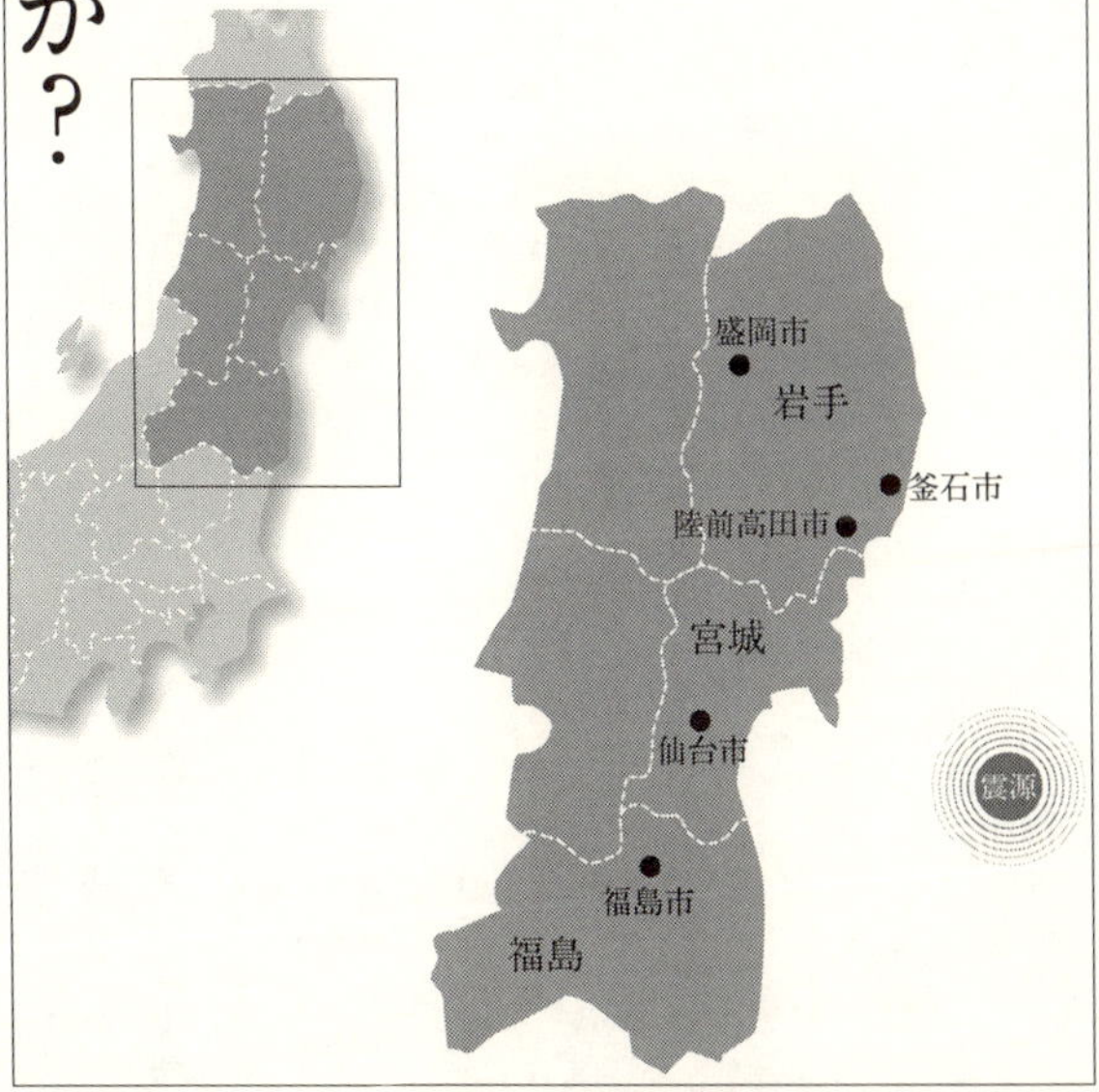

高台移転をした町、嵩上げ工事をした町、防潮堤を高く築いた町、元の町に残った人、残らなかった人、残れなかった人……。十の町があれば十通りの復興があり、十人の被災者には十通りの生活再建がある。「正解」は一つではない。だからこそ難しい。陸前高田と釜石で、そのことを痛感した。

生き埋め――。

ぽつりと口にしたその言葉に、胸が締めつけられた。

「ふるさとの町が、生き埋めにされてしまったんですよ」

紺野文彰さんはそう言って眼下に広がる更地を眺め渡し、「町の歴史も文化も、この土の下です」と付け加えた。

2018年6月4日、午後。

僕は岩手県陸前高田市にいる。地域通訳案内士として、三陸ジオパークなどさまざまな場所のガイドを務めている紺野さんの案内で、小高い山の上にある諏訪神社を訪ねた。長い石段を登り切ると、紺野さんが生まれ育った今泉地区を一望できる。まさにふるさとの鎮守の神さまである。

しかし、いま、諏訪神社が見守るべきふるさとは――赤茶けた土が剝き出しになって、町並みはどこにもない。

気仙川の河口近くに位置する今泉地区は、東日本大震災の大津波で壊滅的な被害を受けた。紺野さんも命からがら諏訪神社に避難したものの、自宅を流されてしまった。

地区の復興にあたって、陸前高田市は、防潮堤、土地の嵩上げ、高台造成という方法を採った。復興計画の要である防潮堤の高さが決まったのは、震災から半年たつかたたないかの頃だった。

「早すぎますよ」

紺野さんは憤然として言った。「しかも、そこには住民の意思がまったく反映されていないんです。いつのまにか上のほうで決めていた、という感じです」

紺野さん自身、3月の震災発生から避難所生活を送っていた。8月に仮設住宅に入居して、ようやく生活再建について考えられるようになったが、そのときにはすでに、防潮堤の高さも盛り土の高さも決まっていて、あとは説明会を開くだけ、という状況だった。

「行政側の理屈としては、住民は避難所生活で未来のことを考える余裕がないだろうから、我々のほうで早く計画をつくってあげよう……となるのかもしれませんが、それは大きな間違いだと思うんです。上のほうでサラッと決めて、『はい、どうぞ』と渡されただけの町には、住民も愛着が持てないでしょう。自分たちの心がこもっていないと、自分たちの町にはならないんですよ」

じつは、紺野さんは海外生活が長い。イギリス、フランス、スペインで計13年半、エジプトでは20年も暮らしていた。「海外に暮らしていると、歴史や文化がいかに大事かというのを身に染みて感じます」——だからこそ、「生き埋め」という表現が出てくる。震災発生のあの日まで、ここに確かにあったはずのふるさととの歴史や文化が、まるで「なかったこと」

のように、盛り土によって覆い隠されてしまうことへの悲しみと憤りが胸に湧いてくる。
気仙沼と岩手県の釜石を結ぶ浜街道と一関からの今泉街道が交差する今泉地区は、古くから交通の要衝として栄え、江戸時代には仙台（伊達）藩の代官所が置かれるなど、地域の中心でもあった。震災までの町割りも江戸時代とほとんど変わらず、街道沿いには古い商家が建ち並んでいた。

だが、いま、紺野さんに往時の写真を見せていただいても、眼前の風景にはまったく重なり合わない。かつてはどこをどんなふうに道が延びていたのか、想像することすらできない。見渡すかぎりの更地に、人影はほとんど見当たらない。道路を行き交う車の姿もない。盛り土をした丘の上では重機が何台かアームを動かしている。一台ずつはかなりの大きさのはずなのに、そうは見えないのは、工事現場が広大なせいだろう。

後悔がある、と紺野さんは言った。ふるさとの歴史や文化をもっとしっかりと学んで、知っておくべきだった。

「地元にいると、水や空気と同じように、あってあたりまえの感覚になるんですよ。私は海外に長く出ていたぶん、逆に、この町の素晴らしさについてよくわかっていたつもりだったんですが、それでもまだ足りませんでした。私自身も含めて、みんな無知でした」

ふるさとの歴史を「郷土史」という学問に押し込めてしまっていた。だから、専門家が難しい古文書を読んで研究しているイメージから脱することができなかった。

「そうではなくて、もっと身近でわかりやすい形で、ふるさととの歴史をしっかり学んでいれば、復興にあたっても『ここだけは譲れない』という線を共有できたんです。そうすれば、住民を無視した復興プランが出てきても反対できたはずなんです」

それができなかった。最終的には黙認した。

「住民みんなの責任でもあるんですよね……」

自責と自戒を込めてつぶやいた紺野さんのまなざしの先には、歴史を消し去られた更地が広がっている。

今泉地区だけで約112ヘクタールに及ぶ土地区画整理事業の工事は2021年3月末に完了する予定だという。事業そのものの施行期間は、2026年3月末まで。事業費は2018年1月30日付けで認可された通算5回目の計画変更で、760・4億円から827・2億円に増額された。もともとの760・4億円も、じつは前年8月4日付けの第4回変更で645・0億円から増額されたばかりなのだ。約半年で67億円近くも膨れあがった計算になる。施行期間が終わるまであと8年、計画は何度変更され、事業費はいくらになってしまうのだろう。

そこまでの経費を注ぎ込んで完成した新生・今泉地区は、どんな町並みになるのか。かつてのにぎわいはよみがえるのか。そうではないのか。「もう復興を待ちきれずに、よその土地に移り住んだ人もたくさんいます」と紺野さんは言っていた。紺野さん自身、「私はいま67歳ですよ。10年たったら77歳ですからね……」と、将来のことを多く語ろうとはしなかった。

人間は二度死ぬ、とよく言われる。最初の死は肉体の死で、二度目の死は、記憶の死――その人の思い出を語る人が誰もいなくなってしまったとき。

それに倣えば、津波によって町並みを奪われた今泉地区は、嵩上げ工事で、いま、歴史をも消し去られようとしている。さまざまな町の「現在」が津波で流されてしまった光景を、僕たちはメディアを通じて（悲しみとともに）繰り返し目の当たりにしてきた。だが、歴史という「過去」、すなわち町の記憶が喪われてしまうことに対しては、無頓着だったのではないか？

紺野さんは、「私一人では微々たることしかできないんですが」と前置きしつつも、今後の展望を教えてくれた。

「専門家の先生方がいままで積み上げてきた、ふるさとの歴史の研究成果を、一般の方が意識できるレベルで広げていきたいんです。昔の地図や写真を使って、『ここの角は、昔はなんとか屋敷だったんだよ』みたいなわかりやすいマップをつくって、掲示したいなあ、と思っています」

今泉地区に限らず、嵩上げされた新しいふるさとには、往時を偲ぶ面影はなかなか見つけられないかもしれない。

だからこそ、知ること、忘れないこと、そして想像することが、問われる。復興は、更地から——ゼロからのスタートではない。更地になる以前にあった町並みに、僕たちはどこまで思いを馳せることができるか。

それを噛みしめつつ、紺野さんにお目にかかる前に訪ねた「過去を持たないふるさと」について、レポートをしておきたい。

*

陸前高田市には、岩手県内で最も大きな災害公営住宅がある。

栃ヶ沢災害公営住宅——2016年8月に入居が始まったこの住宅は、通称こそ「栃ヶ沢アパート」だが、いわゆる「アパート」の規模ではない。それぞれ8階建と9階建・3ブロックずつに分かれた1号棟と2号棟、合わせて301戸を擁するから、大都市圏の感覚でも、かなり大きい。

1号棟と2号棟の間は、ショッピングモールさながらの広い駐車場になっていて、緑豊かな周囲の風景をはずして写真に収めると、「東京の通勤圏のマンションです」と言っても信じる人のほうが多いかもしれない。

だが、ここに暮らす人は皆、東日本大震災で自宅を失った人たちである。言い換えれば、あの日以前に営んでいた暮らしを、無理やり断ち切られた人たち――どんなに真新しく快適な住居であっても、新生活への夢や希望を抱く前に、まず大きな悲しみを背負って引っ越してきた。

「アパートの成り立ちが成り立ちですから、意識の根底には、家族の話を不用意に持ち出して傷つけてしまうようなことがあってはいけない、と常に思っています」

自治会役員の菅野礼子さんは、災害公営住宅ならではのコミュニティづくりの難しさを語る。

それに加えて、個人情報保護の観点から、住民についての情報が自治会にもほとんど入ってこない。

岩手県内各地の復興公営住宅約20団地で自治会づくりを支援し、栃ヶ沢アパートの活動にもかかわっている岩手大学特任助教の船戸義和さんも、「建物の補修などは県がやってくれますが、住民の人間関係については、行政はあまり効果的な動きはしてくれていません」と言う。

ただし、船戸さんは、行政が主導して人間関係をつくってくれ、と訴えているわけではない。むしろ逆なのだ。

「やはり『自分たちのことは自分たちでやるんだ』という意識を持っていただくことが必要なんです」

支援は、始めることよりも、ひきあげどきを見きわめることのほうが、ずっと難しい。

「私たちが支援を続けることによって、自分たちがやる意識が薄れて、支援を受けるのがあたりまえになってしまうと、昔はできていたことさえもできなくなってしまうようになりますから……そこが難しいんです」

船戸さんは、栃ヶ沢を含む5つの団地で「今後、公営住宅や周辺地域の方々と、どの程度の関わりを望みますか?」というアンケートを取った（884人から回答を得た）。

栃ヶ沢での回答は、以下のとおり。

〈自ら声をかけて関わりたい〉――8・4パーセント
〈声をかけられれば関わる〉――35・2パーセント
〈どちらとも言えない〉――40・9パーセント

〈あまり関わりたくない〉――11・0パーセント
〈まったく関わりたくない〉――4・6パーセント
じつは、この数字、5つの団地全体の数字とほとんど変わらない。船戸さんも「どこの団地でも、自分から積極的にコミュニティをつくろうとしている方は、10人に1人いるかいないかで、その人たちがほんとうにがんばってがんばって、他の人たちを引っぱっている、というのが実状ですね」と言う。

その、貴重な「10人に1人」が、菅野さんなのだ。

栃ヶ沢アパートでは、いま、4つのサークルが活動している。麻雀、カラオケ、手芸、茶道――菅野さんは、茶道以外の3つに籍を置いて、住民にも「外に出ましょうよ」「集会所にいらっしゃいませんか」と声をかけている。実際、僕の取材中も、集会所に居合わせた人やエレベーターホールですれ違った人に、ほんとうに気さくに声をかけていたのだ。

なぜ――？

菅野さんのモチベーションは、単純明快だった。

「だって、ここが皆さんの終の住処でしょう？　これから、皆さん、ここで歳を重ねていくわけですよ。でも、皆さん、後ろを向いてしまうんです。ここに入る前にいた仮設住宅や、もっと前の、自分が住んでいた町内……。でも、自分がここで生を終えるんだという意識だけは持って、ここを自分のふるさとにしてほしいという気持ちはあります。自分がいま住んでいる、ここに愛着を持ってほしいな、と思うんです」

取材した順番は逆でも、今泉地区の紺野さんが言っていたのと同じ「愛着」が、ここでも登場した。「ふるさと」という言葉も共通して出てきた。

栃ヶ沢アパートに暮らす人たちは、大津波で自宅をなくした人が大半を占める。津波で被災したとは、すなわち、海のすぐそばに暮らしていた、ということでもある。だが、山を整地してつくられた栃ヶ沢アパートから、海は見えない。常に自分たちの暮らしとともにあった海をなくしても、栃ヶ沢の住民は、ここを「ふるさと」として、「愛着」を持つことはできるのか……？

その大きなヒントになりうる町——いや、もっと小さな集落が、陸前高田市からほど近い釜石市にあった。2019年のラグビーワールドカップで試合がおこなわれる鵜住居《うのすまい》地区の、根浜集落である。

大槌湾に面した根浜は、東日本大震災の津波で大きな被害を受けた。それでも、同じように大槌湾に面した他の自治体が、行政の方針に従って高さ最大14・5メートルの防潮堤を建設するなか、根浜は震災前と同じ高さ5・6メートルのままで防潮堤を復旧することを決め、それを実現しているのだ。

根浜親交会で事務局長を務める佐々木雄治さんは、震災発生直後から、覚悟を決めていた。

「これは長期戦になるな、と最初に思ったんです」

＊

もともと根浜の集落は、コミュニティが密で、地域全体が家族のような雰囲気だった。だが、その集落が津波で壊滅状態になり、自宅を失った住民は、あちこちの仮設住宅に移り住まざるをえなくなった。

「ばらばらの場所に何年も避難していると、やっぱり家庭の事情もあって、根浜に帰りたくても帰れない人も出てくるはずです。住民の皆さんの気持ちをつなぎ止めて、コミュニティを崩壊させないようにするにはどうすればいいか……」

佐々木さんは毎月一度、お茶会を開くことを決めた。ふだんはそれぞれの仮設住宅に暮らしている集落の皆さんが、月に一度、顔を合わせて、近況を報告したり、これからのことを語ったり、時には弱音や愚痴をこぼしたり……。

さらに佐々木さんは、お茶会に市役所の担当者も招いた。住民は市の復興計画を具体的にレクチャーしてもらえるし、行政のほうも「根浜地区の住民はこんな要望を持っている」というのを直接知ることができる。

「いわばキャッチボールを続けるわけです。そうすれば信頼関係が生まれる。『これはできます』『これはできません』というのをはっきり言ってもらえれば、こちらも納得できますから」

防潮堤の高さを現状のままにとどめることも、そうやって決まった。

根浜はもともと、海水浴場として知られていた。高さ14・5メートルの防潮堤をつくられると、海水浴場としての魅力は台無しになってしまう。これこそが、陸前高田市の今泉地区で話をうかがった紺野文彰さんの言う「ここだけは譲れない」という線である。

根浜の皆さんは、何度も話し合いを重ね、行政と交渉をつづけた結果、新しい集落を高台につくったうえで、海を身近に感じられるようにした。ふるさとのアイデンティティを守り抜いたのだ。

佐々木さんと別れて、防潮堤の上を歩いてみた。

白砂青松の景観が自慢だった根浜海水浴場は、津波によって松林がほとんど流され、砂浜も失われてしまった。

それでも、吹き抜ける潮風に鼻をくすぐられ、耳に心地よく響く潮騒を聞くともなく聞いていると、自然と頬がゆるむ。

ひるがえって、高さ十数メートルの防潮堤が海岸線に巡らされた風景を想像すると、目の前に壁が立ちはだかるようなものだよなあ、とため息が漏れる。

嵩上げ工事がふるさとの歴史を生き埋めにしてしまうのと同じように、巨大な防潮堤は、ふるさとと海との関係を断ち切ってしまうことになるのかもしれない。その伝でいけば、高台への集団移転や災害公営住宅への入居とは、新たなふるさとづくりを余儀なくされることでもあるだろう。

震災からの復興は、よく「3点セット」だと言われる。防潮堤、嵩上げ工事、高台移転——それらを、僕たちはただの用語として、膝蓋腱反射のように「復興はこの3つだよね」と軽くとらえすぎてはいないか？

今泉の紺野さんの無念、栃ヶ沢の菅野さんの奮闘、そして根浜の佐々木さんたちの選択を、「ふるさと」の視点から見つめると、これは決して、震災の被災地だけの問題ではないことに気づかされる。

僕たちがいま住んでいる「この町」は、愛すべき「ふるさと」になりうるだろうか——？

第五章

ラグビーの街、「世界」と出会う

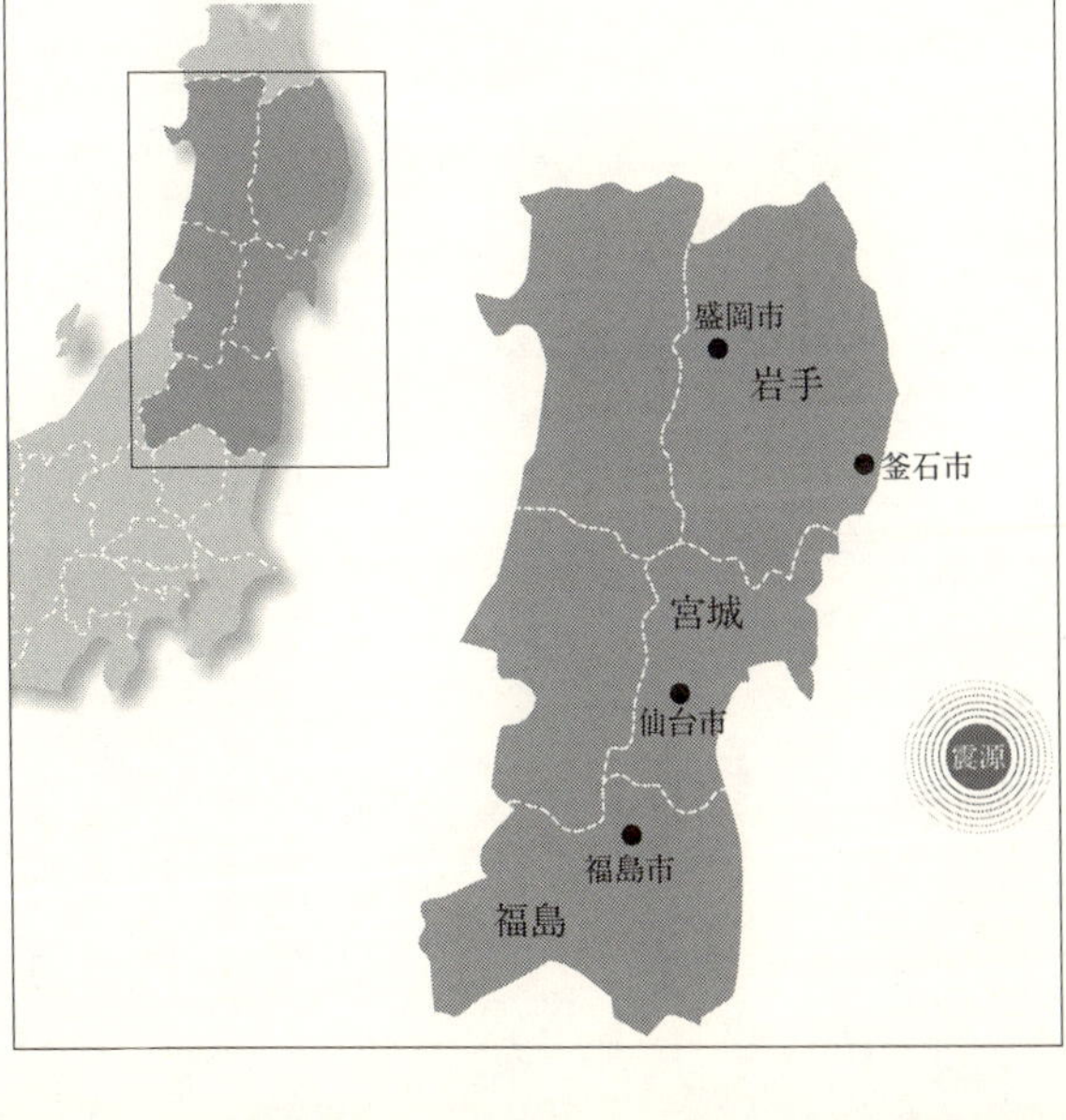

ラグビーワールドカップ２０１９日本大会の会場の一つに選ばれた釜石。かつて無敵を誇った北の鉄人・新日鉄釜石のホームタウンとしては、まさにラグビーの街の面目躍如である。しかし、一方で、震災からの復興はまだ道半ば。そのジレンマを胸に抱えつつ「世界」を迎える釜石を訪ねた。

潮騒を聞きながら、僕は懐かしい人を待っていた。

およそ7年ぶりの再会になる。

7年前――2011年秋、ここ釜石市鵜住居地区は、一面瓦礫の山だった。東日本大震災の津波で被災した釜石市の中でも、大槌湾に面した鵜住居地区は特に被害が大きかった。釜石市全体で973人にのぼる死者・行方不明者のうち、586人が鵜住居の人たちだったのだ（釜石市ホームページより）。

待ち合わせの場所は、地区の中心部から少し離れた根浜海岸に建つ一軒宿『宝来館』である。

震災以前は三陸地方でも有数の海水浴場としてにぎわっていた根浜も、津波で壊滅的な被害を受けた。『宝来館』の女将・岩崎昭子さんは、客や従業員を裏山に避難させる一方、逃げ遅れた人を助けに旅館に戻って波に呑まれ、崖の木にしがみついて九死に一生を得た。根浜は交通が途絶えて孤立状態になり、岩崎さんは『宝来館』の上層階を臨時避難所として近隣の皆さんに開放した。一時は、そこに120人もの人たちが身を寄せていたという。

僕は7年前にも取材で根浜を訪ねている。当時は旅館の前まで車で入ることすらできず、『宝来館』も営業再開の目処は立っていなかった。

「あの頃を思うと、ほんとうに見違えるようになりましたね。旅館も、鵜住居のあたりも」

僕が言うと、岩崎さんは「全国の皆さんに応援してもらったおかげです」と笑った。

２０１２年に営業を再開した『宝来館』は、宿泊したお客さんだけでなく、全国の人びと——とりわけラグビーに興味のある人には、お馴染みの場所になっている。

釜石市は、周知のとおり、２０１９年に日本でおこなわれるラグビーワールドカップの開催地になった。その招致にあたって、『宝来館』は釜石を訪問した視察団へのプレゼンテーションの会場になった。岩崎さんは「ワールドカップが釜石の希望になってほしい」と、釜石市民による招致活動の先頭に立った一人なのだ。

開催地が発表された２０１５年3月2日には、『宝来館』の大広間に１００人を優に超える人たちが集まった。インターネット中継のパブリックビューイングである。21時42分、釜石の名が読み上げられた瞬間、大広間は歓喜の声に包まれた。そのときのニュース映像や記事の写真で、岩崎さんの心底うれしそうな笑顔を目にして、胸をほっこりさせた人も少なくないはずだ。

その岩崎さんが、僕に言う。

「彼は、すごくがんばってるんですよ」

彼——下村達志さん。

7年ぶりの再会の相手である。

２０１１年秋の時点で、下村さんは36歳だった。だからいまは、40代前半の、まさに働き盛りということになる。

「釜石に帰ってきて、釜石のためにがんばってくれる、彼のような人が大切なんですよね」

そう、７年前の下村さんは東京在住だった。生まれ故郷の釜石から大学進学を機に上京して、18年――ふるさとで過ごした歳月と東京暮らしの歳月がほぼ半分ずつになったタイミングで、東日本大震災が発生したのだ。

下村さんとは、ドキュメントノベル『希望の地図』の取材でお目にかかった。

２０１１年に釜石市が公募した作文『私が考えるかまいし復興プラン』に、下村さんは東京から応募した。タイトルは『「三陸沿岸文化圏」の発展を目指して』――地域の連携の重要性を訴える作文には、こんな一節があった。

〈世間と各自治体の「点」での結びつきを、自治体側が連動することで太い「線」に、大きな「輪」にしていけるかが復興の鍵だと、私は思います〉

その観点から提案した復興プランは、「岩手三陸縦断駅伝」というイベントの開催だった。毎年３月11日前後の開催で、ルートは名称どおり岩手県内の被災地――北から、宮古市、山田町、大槌町、釜石市、大船渡市、陸前高田市を縦断していくスケールの大きなものだった。

〈形は模索しつつになるかもしれないが、毎年決まった時期に恒例化できたらベスト。それにより、震災の事実を風化させないとともに、全国に復興していく町の様子も発信できるのでは〉

「点」から「線」へ、さらには「輪」に広げていく発想に心惹かれ、また釜石に生まれ育った下村さんが、東京からふるさとの災厄をどう見ているのか知りたくて、取材をお願いしたのである。

話をうかがうと、下村さんはすぐさま「じつは、これを機会に釜石にUターンしようかと思っているんです」と言った。震災以前は年に一度か二度の帰省がせいぜいだった釜石との関係が、大きく変わった。支援物資を携えて繰り返し帰省しているうちに、ふるさとの復興に力を尽くしたいという使命感が湧き上がってきたのだという。

当時の取材ノートには、下村さんの言葉が書き記されている。

「僕は幸い独身なので、自分のことにだけ責任を負えばいい立場です。でも、家族を持つ同世代や上の世代の人だと、たとえUターンしたくてもそう簡単には踏み切れないだろうと思います。東京に来ている釜石出身の人と話していると、みんな、帰りたいと思っていても、仕事や家庭の事情があって難しいと言うんです。だったら、自分が帰るのが使命のような気がして……」

また、その前年に、大腸を全摘出するほどの大病を患って、会社を1年間休職していたことも大きかった。

「2月に復職した矢先に震災があったんです。ちょうど自分の人生の転機をしんみり考えていたところでした。病気のことを心配される立場から、一瞬にして、ふるさとを心配する立場に変わったことも、いまの自分の心境に影響していると思います。大げさに言えば、人生を考えるタイミングが重なったわけです」

2013年に釜石に帰ってきた下村さんは、漁業体験ツアーやエコツーリズムを企画する『うみぐらし大使館　SUN　RING』を設立して、ボランティアや被災地の視察で訪れた人たちに釜石の現状や魅力を発信したり、キッチンカーによる食堂街づくりのプロジェクトに参画したり……。

そしていま、釜石市が官民連携で復興を進めるべく設立した釜石まちづくり株式会社（愛称・フェリアス釜石）で事業部長兼管理部長の要職に就いて、公共施設の管理運営や幅広いジャンルのにぎわい創出にあたっている。

2011年の決意は、いまもなお健在――いや、さらに強く、深く、熱くなっているはずだ。なにしろ、1年後にはワールドカップが待っているのだから。

＊

「出かけましょうか」

下村さんは、再会の挨拶もそこそこに、僕をワールドカップの会場・釜石鵜住居復興スタジアムへ案内してくれた。

取材の順番は逆になってしまうが、『宝来館』からスタジアムへと向かう間に、下村さんご自身のラグビーとのかかわりについてご紹介しておこう。

1975年生まれの下村さんにとって、1978年度から1984年度にかけての新日鉄釜石の日本選手権7連覇は、必ずしも詳細に記憶に残っているわけではない。

ただ、お父さんが新日鉄釜石を熱心に応援していたこともあって、「自分がやっていたのは野球だったんですが、観るのはむしろラグビーのほうが好きでした」というぐらい身近な存在だった。

1985年1月15日、7連覇最後の年の日本選手権決勝戦――「北の鉄人」と称された新日鉄釜石の、いや、当時の日本ラグビーの象徴だった松尾雄治さんにとって、現役最後の試合である。挑んだのは、いまは亡き平尾誠二さんを擁する同志社大学。国立競技場に6万2

000人もの観衆が集まった伝説の名勝負を、下村さんはスタンドから観戦している。

「小学3年生の冬休みでした。生まれて初めて東京まで行ったんです。試合の展開の細かいところまでは覚えていないんですが、とにかく人がたくさんいたということと、大漁旗がたくさんはためいていたことが印象に残っています」

無理もない。1985年の国勢調査によると、当時の釜石市の人口は6万7人だから、市の人口よりも多い観衆が国立競技場のスタンドを埋めていたのだ。そして、スタンドにはためく大漁旗——三陸地方では「フライキ」と呼ばれる旗は、新日鉄の企業チームからクラブチーム・釜石シーウェイブスに変わったいまも、応援に欠かせないものとなっている。

「でも……」

あの頃の思い出を語るときには弾んでいた下村さんの口調は、前人未踏の7連覇を果たしたあとの「釜石とラグビー」の関係になると、微妙に沈んでしまう。

「僕たちは、新日鉄釜石が強かった時代を原風景として知っている最後の世代なんですよね。僕たちまでは、釜石＝ラグビーの街というのが、明確にビジョンとして浮かぶんですが、いまの20代の世代にとっては、話で聞かされて知っているだけで、具体的な『絵』がイメージできるという感じではないんですよ。残念だけど、それは現実としてしょうがない部分はあると思います」

確かに、松尾雄治さんが引退して、8連覇を逃したのちの新日鉄釜石は、残念ながら再び輝きを取り戻すことはなかった。入れ替わるように1988年度から同じ7連覇を達成してラグビー界の主役に躍り出たのは、神戸製鋼――主力選手は、かつて「北の鉄人」に挑んでは撥ね返されてきた、同志社大学出身の故・平尾誠二さんや大八木淳史さんだったのだ。さらに言えば、1995年の阪神・淡路大震災を経験した神戸は、被災の苦しさも悲しさも、そして復興の険しさと喜びも知っている。歴史とは、そうやってつながり、結ばれ、紡がれていくのだろう。

親会社が「鉄冷え」で苦闘する中、1992年を最後に全国社会人大会の出場すら途切れた新日鉄釜石は、リーグ降格の懸かった入れ替え戦の常連となってしまい、ついに2001年にリーグ降格、さらには親会社のスポーツ事業運営の方針が見直されて、同年、クラブチーム・釜石シーウェイブスとして再出発することになった。

「やっぱり、釜石の街ぜんたいのラグビーに対する思いも、全盛期に比べると冷めていったと思います。個人個人というより、熱かった時代を知っている人たちが、歳をとったり、外に出てしまったりして……」

新日鉄釜石時代から名ロックとして鳴らし、日本代表のキャップは43、現在は釜石シーウェイブスのゼネラルマネジャーと監督を兼任する桜庭吉彦さんも、同様のことをおっしゃっていた。

「皆さん、チームが苦しい時期には厳しいご意見もありましたが、愛情の裏返しで、応援してくれていたと思います。ただ、応援してくださる方もだんだん歳を重ねられて、平均年齢も上がってきていました」

いわば、年配の皆さんの「古き良き釜石」の昔話にしか登場しない存在になりつつあったのだ。

それが、クラブチームになったことで、どう変わったのか――。

「釜石シーウェイブスになって、いままでラグビーとはつながりがなかった人たちも応援してくれるようになったのは感じていたんです。いままでは、やはりどうしても企業の枠の中でやっていたんですが、いまは街の中で働いている選手もいますから、そうした選手を介して『地元のチーム』という形にはなっているのかな、と思います」

そんななか、東日本大震災が発生した。チームの本拠地の松倉グラウンドは内陸部なので津波の被害はなかったが、だからこそ、チームの面々は積極的に瓦礫の除去や物資の運搬などのボランティアに参加した。オーストラリアから来ていた選手は、大使館から「航空券はこちらで準備するから、早く帰国せよ」と言われても、釜石にとどまってボランティアを続けたのだという。

「釜石の街とチームの関係は、より深まったと思います。ふだんはなかなか接点のない街の人たちともかかわることができて、話をすることもできました。皆さんがどういう期待やどういう思いを持っていらっしゃるか、対話をすることができたんです」

取材で訪れた2018年6月にはすでに退去が終わっていたが、松倉グラウンドの周辺にはつい最近まで仮設住宅があったらしい。

「仮設住宅に暮らしていらっしゃる皆さんとのかかわりも、ふだんの生活の中であったんです。そうすると、困っている人たち、不便な生活を強いられている人たちに、なにができるか、どういった心遣いができるか……それは、被災地にいるんだけど被災していない我々にとって、ひじょうに勉強になりましたし、このままでいいのか、という気持ちにもさせられる日々でしたね」

一方で、気は優しくて力持ちのラガーメンとしての、自負もある。

「運搬などの力仕事での貢献度以上に、ラグビー特有のスピリッツ……倒されても倒されても立ち上がって前に行く、というスピリッツが、なにか地域の人たちに、気持ちの面で励ましになっていれば、と思います」

さらに、神戸製鋼やヤマハ発動機などのライバルも、チーム全体として、あるいは選手個人の立場で、ボランティアや親善試合など、さまざまな形で釜石をサポートしてくれた。

「ラグビーの絆というのを感じました。中にいると、なかなか気づかないことなんですが、外から見た釜石のラグビーは特別な存在なんだと、あらためて感じました」

秋田県出身の桜庭さん自身、なぜ大学卒業後に新日鉄釜石を選んだか——それは、首都圏や関西の強豪チームとは違う、「特別」なものを釜石に感じていたからにほかならない。

その「特別」な街が、とびきりの、かけがえのないイベントを迎える。それが、2019年のラグビーワールドカップなのだ。

*

釜石鵜住居復興スタジアムは、僕が訪ねた2018年6月の時点では、工事が仕上げの段階に入っていた。

メインスタンドからは、鵜住居地区の街並みが一望できる。住宅や商業施設、どの建物もまだ新しい。それはすなわち、この一帯が東日本大震災の津波で根こそぎ攫われてしまった、ということを意味する。

悲しい記憶を持つ土地に、未来への希望をつなぐスタジアムができあがった。

それは素晴らしいことなのか、逆に、不謹慎きわまりないことなのか、率直に言えば、意見は分かれるところだろう。仮設住宅は釜石市内にもまだ残っている。その数は、２０１８年４月23日現在で、岩手県内最多の７４６世帯（１５６０人）――ラグビーよりも被災者の生活再建のほうが先ではないかという声は、やはり、ある。

釜石シーウェイブスの桜庭さんも、「正直、葛藤はあります」と認める。けれど、だからこそ、顔を上げ、分厚い胸板を張って、こう続けるのだ。

「震災からの復興をさらに加速するという意味でも、ワールドカップと生活再建が両輪になっていけばいい、と思っています」

僕をスタジアムに案内してくれた下村さんの言葉も、同じ方向を向いている。

「スタジアムの名前に『復興』とついているのが、覚悟のあらわれなんです。このスタジアムが２０１９年のワールドカップ、ただ一回のために使われて終わるのでは意味がありません。建物ができたあと、いかに人が集まる場になるか……」

竣工は、当然ながら、ゴールではない。ワールドカップでは、釜石鵜住居復興スタジアムで2試合がおこなわれるのだが、それもまた、決してゴールではない――ゴールだと思ってはならない。

すべては、未来。

未来の鵜住居、未来の釜石の主役は、子どもたち。

スタジアムの建つ場所は、震災以前は、釜石市立釜石東中学校と釜石市立鵜住居小学校があった。どちらも、「津波てんでんこ」に基づく防災教育が奏功し、震災発生当日に学校にいた生徒・児童は全員避難して、無事だった。

その場所につくられたスタジアムが、子どもを主役にした未来志向になるのは、当然ではないか。

下村さんは、ふるさとを離れて20年近く生きてきた自らの経験を踏まえて、言った。

「ワールドカップを迎えた子どもたちが、やがて中学や高校を出て釜石を離れて、都会に暮らしたとき、ふるさとの象徴として、このスタジアムやワールドカップのことが、記憶に残っているといいなあ、と思うんです」

桜庭さんも、期せずして子どもへの期待を口にしていた。

「三世代が一緒に、このスタジアムでラグビーを観るようになるといいですよね。そのポテンシャルは釜石には絶対にあると思うし、その契機にワールドカップがなってくれるのを願っています」

そういえば『宝来館』の岩崎さんは、僕があえて「ハコモノをつくることへの批判もあると思うのですが」と、意地悪な質問をしたとき、大らかに笑って答えたのだ。

「あのスタジアムはハコモノをつくったんじゃなくて、子どもが遊ぶ原っぱを再生したんだと思いますよ」

メインスタンドからきれいな緑のフィールドを眺めた僕も、その意見に全面的に賛成――。

新日鉄釜石、そして釜石シーウェイブスの応援には欠かせない「フライキ」は、漢字では「富来旗」「福来旗」と書くらしい。富が来る、福が来る――ワールドカップで「世界」を迎える釜石の人たちは、無数のフライキを振るはずだ。その光景は、子どもたちの胸に、どんなふうに刻まれるのだろう。

第六章

つながりの言葉をアップデートせよ

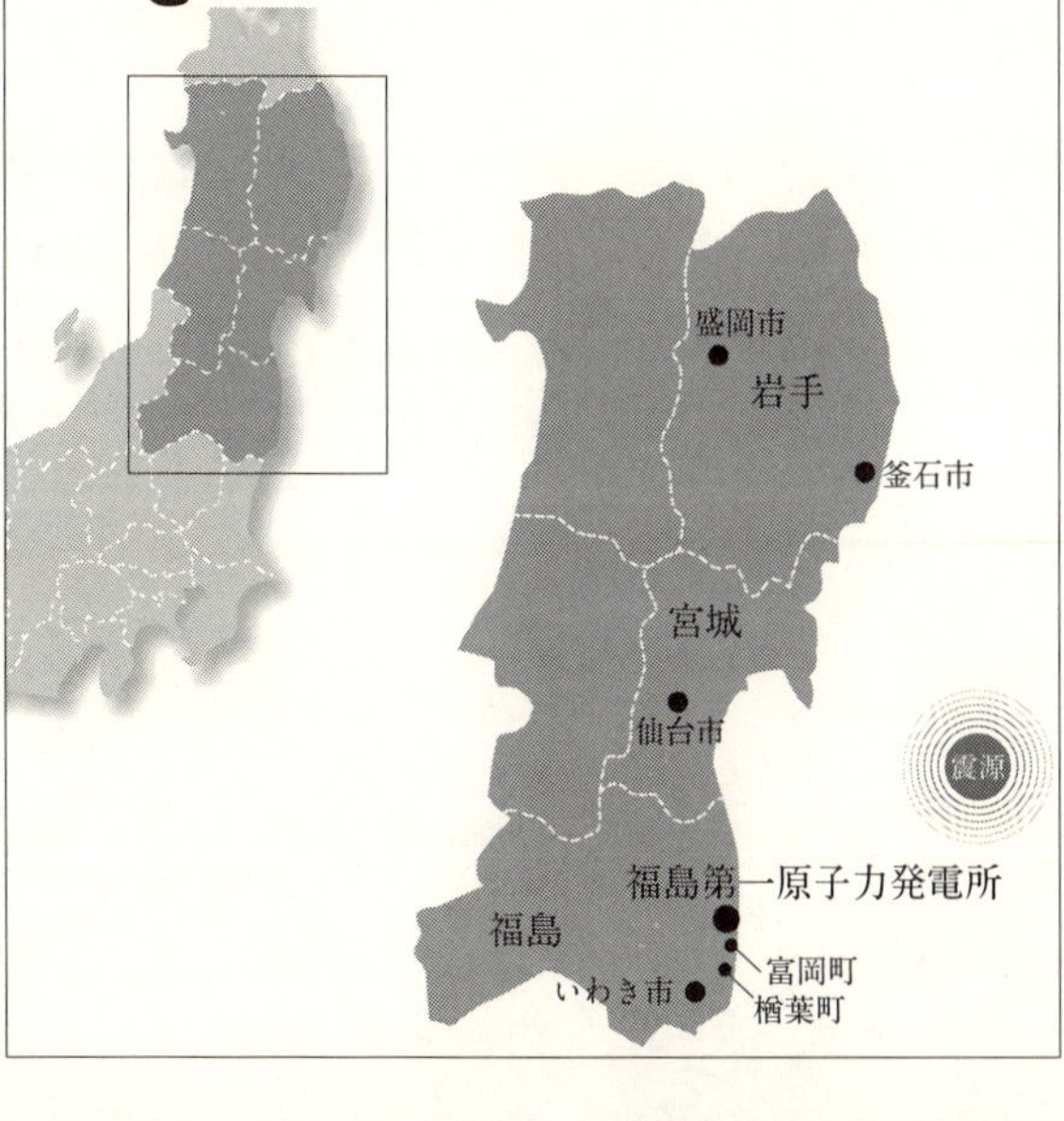

福島・浜通りで「つなげるぞ！」という強い意志を持つ、3人の若い世代に会ってきた。人と人、人と町、アイデアとアイデア……その接着剤として、皆さん、「言葉」をとても大切にしていた。さて、三者三様に掲げた「言葉」とは、いったいなにか。意外にもそれらはすべて、昭和の香り漂う単語だった。

懐かしい言葉を聞いた。「昭和」――それも、高度経済成長期の頃を思い起こさせる言葉だった。

取材先の団体の名称である。

福島県いわき市で活動するNPO法人『TATAKIAGE Japan』（以下『TATAKIAGE』）――公式サイトに掲げられたミッションは〈タタキアゲジャパンは、地域で何かをしたい人が、よい仲間や適切なキーマンと出会い、前に進むために、出会っていなかった人や団体同士を繋げる「コーディネート」や、「場づくり」の活動を行っています。そして、沢山のプレーヤーが地域に根付き成長することで、地域が変わり、地域から日本が変わっていくと信じています〉。

叩き上げ、である。なるほど、地域すなわち現場に根付いて、下積みから足腰を鍛え、腕を磨いていこう、というニュアンスでの「叩き上げ」なのだろう。

『TATAKIAGE』は、新しい事業をやりたい人が一般市民の前でプレゼンをして、ブレーンストーミングをおこなうピッチイベント『浜魂（ハマコン）』を、月に一度程度開催している。これもまた、懐かしいというか、ずいぶんアナクロな「魂」という言葉が出てくる。さらに付け加えるなら、『TATAKIAGE』のロゴマークは、握り拳。

熱いメンバーが集っているのだろうか。もちろん、その意気や良し。だが、正直に言わせていただくと、オレ、暑苦しい熱血漢って、ちょっと苦手なんだよなあ……。

そんなことを思いながら、２０１８年7月2日、ＪＲ常磐線でいわき市に向かった。半日がかりで福島県の浜通り――いわき市、富岡町、楢葉町《ならはまち》を回る。原発事故で大きな被害を受けた地域である。

インタビューをお願いするのは3人。30代半ばから40代半ばという、「ポスト震災」「ポスト原発事故」を担う世代にお話をうかがうのだが……車中で資料をチェックしていると、奇妙なことに気づいた。

前述した「叩き上げ」だけでなく、ずいぶん古めかしい言葉が、３人それぞれのキーワードになっているのだ。

なぜ――？

今回の取材は、その疑問を解き明かす旅でもある。

＊

『ＴＡＴＡＫＩＡＧＥ』は、ＪＲ常磐線いわき駅から徒歩3分の場所でコワーキングスペースを運営している。オフィス街ではない。小さな飲食店が軒を連ねるレトロ感あふれる一角だった。通りの名前は『復興飲食店街　夜明け市場』——その名のとおり、復興のシンボルとして、震災後シャッター通りと化していた古い飲み屋街を再生したのだ。

「震災直後の2011年11月にオープンしました。『明けない夜はない』を合言葉に、被災した店主やUターン・Iターンの若者たちが集まって、事業を始めたんです」

通りを歩きながら、『TATAKIAGE』の理事長・小野寺孝晃さんは言った。その『夜明け市場』を出発点として、飲食にかぎらず、地域に根差した起業家を支援するために起ち上げられたのが『TATAKIAGE』で、2013年には株式会社夜明け市場と連名で、グッドデザイン賞も受賞している。

小野寺さんの説明に相槌を打ちつつ、じつを言うと僕は初対面の挨拶を交わしたときからずっと困惑していた。

なぜって、Tシャツにジーンズ姿の小野寺さんは、「叩き上げ」のコワモテな泥臭さとはまったく対照的な風貌なのだ。取材時点で40歳という実年齢も若いが、見た目はさらに若い。20代の青年と言ってもいいほどだった。

いわき市に生まれ育った小野寺さんは、高校卒業後に上京し、IT企業で新規事業の開発を担当していた。その経歴の所以もあるのだろうか、「叩き上げ」や「魂」といった言葉、あるいは握り拳のロゴマークと、にわかには結びつきづらい、じつにスマートでジェントルな物腰なのだ。

震災後、小野寺さんは会社の仕事を続けるかたわら、2013年から事業構想大学院大学で社会起業や企画について研究を進めた。ご本人いわく「企画屋」として、起業塾やビジネスプランコンテストで次々に入賞を果たした。論文『福島県浜通りの地域経済活性化』を書き上げて事業構想修士課程（MPD）を修了、2015年に満を持して、故郷に帰ってきたのだ。

「上京したのは、いわきが嫌だとか、東京に憧れているとかではなかったんです。高校を卒業したら、ごく自然な流れでいわきを出ていきました。高校の友だちもみんなそうです。いわきに残ったのは、学年で450人中10人とか20人でしたから」

いわき市から東京までは210キロほど。常磐自動車道でもJR常磐線の特急でも、2時間半あれば着く。毎日通うには遠すぎても、大志を抱いて上京する、というほどの覚悟が必要な距離というわけではない。

それはすなわち、若い世代をギュッとつなぎ止めるふるさととの「握力」の弱さにもなってしまう。そんないわき市に根付いて起業しようとする人をいかに増やし、彼らや彼女たちをいかに支援していくか——。

「もともと、いわきは14の市町村が合併してできた市なので、合併後もそれぞれの町が独立したままの形で、なかなか『オールいわき』にならない。そのために、閉鎖的で新しいことをやるのは難しい土地柄だと言われていましたし、僕もやはりそう感じるときもあります」

だが、Uターンから3年をへて、ふるさとへの評価はだいぶ変わってきた、と小野寺さんは言う。

「一つずつのエリアがしっかり独立しているのは、大きな強みになると気づきました。どのエリアも一緒くたになってしまっていたら、人口が減っていく時代、弱くなる一方ですが、いわきはエリアがちゃんと残っていて、それぞれの文化があり、特徴があって、エリアごとのキーパーソンやリーダーがいるんです。それをうまく使えば、地域プレーヤーの発掘と育成ができるんじゃないか」

あえて「オールいわき」にはしない。いわき市、浜通り、福島県、東北……という大きな単位で見るのではなく、エリアを絞って、面白いことをやろうとしている人を探し、応援しながら育てていく。

たとえば、『夜明け市場』のある白銀町《しろがねまち》は映画館や飲食店が並ぶエリアだが、その隣町は大工町といって、もともと職人さんたちが暮らす町だったという。白銀町で飲み屋街を再生したように、小野寺さんたちは、いま、大工町の個性を活かして、ものづくりや子育てを支援するカフェ『ｉｃｈｉ』の起ち上げをプロデュースしたばかりなのだ。

いわき市にかぎらない。街というのは一色で塗りつぶされているわけではない。小さなエリア一つひとつの個性がモザイクのように集まって、街がかたちづくられている。なのに僕たちは往々にして、それを俯瞰し、ひとまとめにして、大きく語ろうとしてしまう。「被災地」もそう。「東北」や「東日本」、さらには「日本」だってそう。グーグルアースやドローンの映像に慣れて、世の中のあらゆることをデータとして処理することに長けたぶん、僕たちは、地に足の着いた泥臭さの価値を忘れてしまいがちになる。

だからこそ——「叩き上げ」なのだ。

「大きく見てしまうとなにも進まないので、小さいところを丁寧に見て、そこで一所懸命やろうとしている人に、僕たちができるおせっかいをしていく。それは決して遠回りではないと思うし、いわきの小さなエリアから始まって、それがいわき市全体や浜通り、福島県……世界へとつながるような大きな事業をできるようになってほしい。そういう願いを込めてローマ字で『TATAKIAGE Japan』と名付けたんです」

勤勉でひたむきな「叩き上げ」は、いつか「TATAKIAGE」として、「KAWAII」や「MOTTAINAI」と同様、国際語になるだろうか。なるといいな。それ以前に、この国の若い連中のためにも、この言葉を「昭和の死語」からよみがえらせたくなるのは……定年世代に差しかかったシゲマツのつまらない郷愁にすぎないだろうか?

「まあ、ひじょうに暑苦しい名前なんですけどね」

小野寺さんは涼やかに、爽やかに笑った。

*

続いてのキーワードは「結《ゆい》」である。こちらは農村の言葉――農作業などをみんなで手助けし合うことや、その仲間を指す。

「じつは、福島県に来るまで、その言葉を知らなかったんです」

古谷かおりさんは、照れくさそうに打ち明けた。無理もない。「結」は日本史の専門用語と言っていい。34歳の古谷さんが出会う機会がなかったのは当然だろう。

しかし、オトナになってから知った言葉は、遅れてきたぶん、印象深く脳裏に刻まれる。

古谷さんもそうだった。2017年に福島県楢葉町に開いた小料理屋を『結のはじまり』と名付けた。店の公式サイトには、由来がこんなふうに綴られている。

〈実際に楢葉町で暮らしていると地元の方々の間に「結」の関係が根付いていて、地域内にあたたかな思いやりが循環している様子をひしひしと感じます。／「結」が、地元の方々だけでなく、この地域で働く人や新しい住人も含めて、改めてはじまるきっかけの場になれた

らいいな…そんな想いを込めて店名にいたしました〉

この引用箇所で特に重要なのは、後半――。

そこに話を進める前に、古谷さんの来し方を急ぎ足でたどっておこう。

古谷さんはもともと楢葉町に地縁も血縁もない。出身は千葉県で、美大卒業後は東京で働いていた。「自分でなくてはできない仕事をやりたい、自分が必要とされたい、と自分探しをこじらせながら職を転々としていました」という古谷さんの転機になったのが、東日本大震災だった。

「最初は、ほわっとした気持ちだったんです。被災地ならわたしのようなものでも必要とされるかもしれない、と」

まずは被災地の現状を少しでも知らなくては、と福島県の被災地にボランティアで通った。建築や設計を学び直す一方、『ふくしま復興塾』にも参加して、さまざまな人たちと出会いながら、自分のやりたいことを考えた。そして見つけたのが、小料理屋の女将――一見、唐突な展開のようにも思えるが、古谷さんの中ではスジが通っている。

「そもそも建築を志したのも、人と人が一緒ににこやかに過ごせる空間をつくりたい、という思いからでした。でも、建築で空間をつくることよりも、その空間の中にいて、人と人の会話をつなぐことのほうが自分には向いてるんじゃないか、と気づいたんです」

原発事故の被災地に通い詰めているうちに、現地の課題が見えてきた。除染や廃炉のために全国からやってきた作業員と地元の町民との間に、距離がある。作業員の食事も、冷たい弁当や宿舎で出される決まりきったものばかり。

「作業員さんにも地元の皆さんにも、他愛のないおしゃべりを楽しめて、愚痴もこぼせて、温かい手料理とお酒が味わえる場所が必要だと感じたんです。でも、わたしが楢葉町に通っていた2年前は、作業員さんは4000人ぐらいいるのに、町内に居酒屋さんは一軒しかありませんでした。じゃあ、わたしのような素人が始めたお店にもニーズはあるんじゃないか、と……」

その狙いは当たった。オープンから1年、たまたま隣り合った町民と作業員のお客さん同士が「そこの除染やってんのか」「あの家の解体をやってんだ」と和やかに酒を酌み交わす光景が、すっかりお馴染みになった。1人で来て黙って酒を飲む新顔のお客さんがいると必ず声をかけてくれる常連客もできたし、「空き地を公園にしたいんだけど、建築の心得がある女将さんが取りまとめ役をやってくれないか」とプロジェクトを持ちかけてくる人もいる。

スナックを改装した小さな店は、まさに「結」が始まる場になろうとしている。人と人をつなぐ、その結び目が、女将さんの笑顔なのだ。

『結のはじまり』の人気メニューは、お総菜3品で1500円の『日替り晩酌セット』――

ある日の献立は、ナスとシシトウの揚げ浸し・鶏としいたけと根菜の煮物・豚キムチ。むろん、古谷さんの手づくり。決して凝った料理ではないが、だからこそ、飽きずに毎晩でも通えるのだろう。

僕も、小ぶりの玉ねぎを丸ごと煮たものをいただいた。古谷さんご自身は「料理は地元の奥さまたちに味付けを教わりながら、まだまだ勉強中です」と謙遜するものの、ダシが染みた玉ねぎはホロホロと柔らかくて、温かくて、優しい一品に仕上がっていた。

＊

三つ目のキーワードは、再びローマ字表記になる。

ボランティア団体『いわき応援チーム　EN』代表の坂本雅彦さんに「EN」の由来を訊いてみた。「EN」から「縁」へは、すぐに連想できるのだが——。

「それだけじゃないんです」

坂本さんはいたずらっぽく笑って、答えを教えてくれた。「もちろん人の『縁』は最初にあるんですが、支援や応援の『援』もあるし、人が集まって円くなる『円』もあります。あと、エンターテイメントの『EN』も考えていこうかな、と」

最後はジョークに紛らせた感じではあったが、それは照れ隠しなのかもしれない。なぜなら、坂本さんの活動は、じつにエンターテイメント性に満ちているのだ。いわき市を桜の街にしようという『いわき万本桜プロジェクト』で草刈り隊長を務めたり、雪合戦のように水風船をぶつけ合う水風戦協会のいわき支部長として地元をまとめたり、福島の復興の現状を知ってもらうFスタディツアーのガイドをしたり……。

1973年生まれの坂本さんは、30代後半で東日本大震災に遭遇した。当時はいわき市にある鉄筋関係の工場に勤務していた坂本さんだったが、ふるさとの危機に居ても立ってもいられなくなって、ボランティアへの参加を続けた。すると、気づいたことがある。

「県外からたくさんの人が集まってくれているのに、意外と地元の人間が少ないんです。でも、地元にも、街のためになにかできる人たちがいるはずだと思って、みんなに呼びかけていったんです」

もともと自分は発起人やリーダーのタイプではない、と坂本さんは言う。「だから、難しく考えるんじゃなくて、まずは集まれる人だけでも集まろう、という感じで呼びかけたんです」――それが「縁」をつなぐ力になった。

「ボランティアといえば自己犠牲だと思われがちなんですが、そうではなく、自分の楽しいことをやっていこう、と。それが結果的に復興につながればいいじゃないか、という意識でやっています」

じつは、『EN』の起ち上げにあたって、坂本さんは前出の『TATAKIAGE』が開催する『浜魂』に参加して、プレゼンをしている。2016年のことだ。

坂本さんのプレゼン内容をリポートした記事が『浜魂』のウェブサイトに載っている。

〈坂本さんがプレゼンしたのが、ボランティアではなく「応援チーム」を作りたいということ。ボランティアという敷居の高い活動ではなく、自分たちが楽しむことを通じて、様々に活動する人たちの応援をするチームとすることで、もっと幅広い参加者を集められるのではないかと坂本さんは考えています〉

被災地を直接に支援するボランティアがいて、そのボランティアを応援する『EN』がある、という二段構えで考えよう、というわけだ。そうなれば『EN』をサポートしたいという人も出てくるだろうし、『EN』のサポートのサポートという立場もありうる。それこそ、ボランティアに出かけるパパを、遊んでほしい思いをグッと呑み込んで「行ってらっしゃい！」と見送る子どもたちの笑顔だって、素晴らしいサポートではないか。

「援」の「縁」が何重にも、何段にも、生まれる。

そしてもう一つ、英語の接頭辞としての「EN」には、名詞や形容詞の頭につくことで動詞化する働きがある。

まずは動こう、できるところからやってみよう、難しく考えなくてもいいから、まず自分が楽しむことから始めてみよう……。

僕は、坂本さんの掲げる「EN」を、勝手に、そんなふうにも解釈しているのだ。

＊

僕は文章を書くことを生業としている。言葉の力を信じている一方で、その怖さも身に染みている。耳当たりの良い言葉にひそむ胡散臭さを忘れるな、と常に自戒しているつもりだ(けれど、しょっちゅうしくじってしまう)。

「叩き上げ」「結」「縁」のキーワードは、いずれもアナクロで、ともすれば「古き良き時代」への郷愁が強くなりすぎて、鬱陶しさや暑苦しさ、窮屈さを呼び起こしてしまいかねない。「叩き上げ」の根性論、「結」の同調圧力、「縁」の自縄自縛……ネガティブにとらえることはいくらでもできるし、正直に打ち明けるなら、取材前には「言葉に頼りすぎるとスローガンになっちゃうけど、だいじょうぶかな?」と案じる思いもなかったわけではない。

だが、小野寺さんも古谷さんも坂本さんも、軽やかな自然体で言葉と付き合っていた。ローマ字に置き換えて風通しを良くしたり、「はじまり」の一語を付けることで、ここはゴールではなく「きっかけづくり」の場所なんだから、と肩の力みを抜いたりして、長丁場になる復興の日々に向き合おうとしていた。

ちょっと懐かしい合言葉は、若い世代によってアップデートされるものかもしれない。叩き上げ2・0、結2・0、そして縁2・0——悪くないね、これ。

*

ここで記事を終えることができたなら、どんなに良かっただろう。

だが、今回の記事では、取材の最後に訪れた場所のことを書かずにすませるわけにはいかない。

坂本さんの案内でFスタディツアーのごく一部を体験させてもらった。桜の名所として知られる富岡町の夜《よ》ノ森《もり》地区を歩いた。

原発事故の前には1万5960人が暮らしていた富岡町は、2018年6月1日の時点で、まだ1万2515人が避難を続けている。町内居住者は660人、帰還を果たしたのは、わずか5パーセント程度に過ぎないのだ。

そんな富岡町には、帰還困難区域と避難指示が解除された区域とを隔てるバリケードがあちこちにある。同じ町の通りを一本隔てて、帰れる場所と帰れない場所が分かれている。バリケードの向こうの民家に声をかけると、すぐにでも返事が聞こえてきそうな距離である。それでも、その隔たりは、あまりにも大きい。

「結」も「縁」もつながりを象徴する言葉だった。それに対して、どうしようもなく断ち切られてしまった「こちら」と「向こう」——その悲しみと無念と怒りを象徴する言葉を、僕たちは、まだ持っていない。

チェルノブイリで考えた東北の明日

――2011年夏・ウクライナと福島からのレポート

本稿の時制はすべて2011年8月現在である。ご紹介する人たちの年齢や肩書きもその時点でのものである。本書収録にあたって書き改めることも考えたが、そうすると2011年夏の息づかいが消えてしまいそうな気がしたので、あえて初出時のままにしておいた。ご理解をいただければうれしい。　（著者）

山の斜面につくられた共同墓地には、色とりどりの花が手向けられていた。どれも真新しい。8月14日の朝である。盆の入りの昨日のうちや、今朝早くの涼しいうちに墓参を終えた人たちが多いのだろう。いまも数組の家族が、蝉時雨と真夏の陽光の降りそそぐなか、墓に線香を供え、手を合わせている。

どこにでもあるようなお盆の光景だった。墓地から眺める緑豊かな農村のたたずまいも、一見すると、なんの変哲もない。ところが、やがて緑の色合いが不揃いなことに気づくのだ。田んぼや畑と違って、一つの区画の中でも緑がまだら模様になっている。茎の高さも揃っていないし、葉の形もばらばら――雑草なのだ、すべて。

去年のいまごろは水田の涼やかな緑に彩られ、畑ではトマトやナスが実っていたはずのこの村は、今年の米作りを断念し、畑の収穫もあきらめた。そうせざるをえなかった。いま、この村に住んでいる人は、ほとんど誰もいない。のどかな家並みも、お盆を迎えるまでは、どの家の玄関にも鍵が掛かっていたのである。

福島県相馬郡飯舘村――人口約6200人のこの村は、東京電力福島第一原発の事故によって計画的避難区域に指定された。住民は村外への避難を余儀なくされたのだ。このお盆休みにひさしぶりに帰宅した住民も多い。共同墓地でも、行き合った人たちの挨拶は、こんな言葉で始まっていた。

「どこさ引っ越したんだ？」

家族や親類を頼って身を寄せた人もいれば、仮設住宅に入った人もいる。いずれにしても、あくまでも仮住まいである。しかし、その仮住まいを終えて村に帰る目処は立っていない。

村役場の前に設置された線量計によると、放射線量は毎時3・46マイクロシーベルト。持参した線量計で敷地内の植え込みを計ってみると、毎時4・10マイクロシーベルトだった。参考までに、政府が4月に定めた「学校での屋外活動の制限」の基準は、毎時3・8マイクロシーベルトである（政府は8月26日、その基準をあらため、毎時1マイクロシーベルトを目安に校庭の除染をおこなうことを発表した)。

役場の隣には、全国でも珍しい村営書店『ほんの森いいたて』がある。窓ガラスには、テープを貼ってつくったメッセージが掲げられていた。

「長期休業中!! きっといつか再オープンするぞ!!」

その思いは、村を離れたすべての住民に共通するものだろう。

＊

だが――。

「自分たちで汗をかけばなんとかなるものなら、ええけんどね」

隣接する伊達市内の仮設住宅で避難生活を送っている佐藤忠義さん(67歳)は、バーベキューのコンロを並べながら、悔しさと寂しさの入り交じった顔で言う。

8月14日お昼過ぎ、飯舘村前田地区のグラウンドでは、毎年恒例のバーベキューが始まるところだった。しかし、グラウンドの広さやコンロの数の割には参加者が少ない。去年までは200人近く集まっていたのに、今年は40人弱、それも大半は50代以上の年配者である。東京からお孫さんが仮設住宅に遊びに来ているという佐藤さんも、まだ小学生の子どもを飯舘村に連れて来ることはできなかった。

「どこの家でもそうだろ。俺たちは年寄りだからええけんど、子どもや若い者には、やっぱり将来があるからな」

グラウンドの放射線量は、毎時5・7マイクロシーベルト――。

前田地区・区長の長谷川健一さん(58歳)によると、開催については反対の声もあったという。それでも長谷川さんは「例年どおり」を譲らなかった。

「みんながこうして集まる機会をなくすわけにはいかないんだ。間を置いてしまって、みんなの気持ちがまとまらなくなるのが怖い。子どもが一人もいなくて寂しいけんど、来年もがんばってやっていきたい」

全村避難という苦渋の決断をした菅野典雄村長は、2年以内の帰村を目指して国や県に働きかける方針を明言している。だが、長谷川さんは「村民に期待を抱かせるだけではダメだ。村の面積の75パーセントは山林で、山を除染する方法はないわけだから、我々も現実を見なければならない」と言う。

酪農家だった長谷川さん自身、牛をすべて処分して、伊達市の仮設住宅にいる。いままで同居して酪農の仕事を手伝ってくれていた息子さんたちは山形県に移り住んだ。仕事を奪われ、家族が散り散りになった。その現実を見据えると、もう以前の生活には戻れないだろう、と覚悟を決めている。

だからこそ、挨拶のマイクを握った長谷川さんは、強い口調でバーベキューの参加者に訴えた。

「放射能という化け物のおかげで、いずれ我々は選択を迫られることになります。ここにまたみんなで戻って来られるのか、年寄りだけしか戻れないのか、戻ってきても元通りの仕事ができるのか、ここを捨てなければならないのか……。どうなっても、人と人との絆だけは守っていきたい」

福島第一原発から飛散した放射性物質は、同心円状に広がったわけではない。風向きや地形によって、特に数値の高い地点、いわゆるホットスポットが生まれる。飯舘村の場合なら、原発から北西に33キロ離れた長泥地区である。同地区の交差点の掲示板には、日本原子力研究開発機構が毎日計測している放射線量のデータが出ているのだが、3月17日の毎時95・1マイクロシーベルトを頂点に、連日きわめて高い数値が出ている。この日も、毎時14・2マイクロシーベルトが記録されていた。長泥から南相馬市に向かう車中でも、手持ちの線量計の数値はしばらく毎時7マイクロシーベルトから下がらなかった。

しかし、そんな長泥地区にも、手向けの花は咲いていた。ときどき車中から見かける小さな墓地には、テッポウユリや菊など、色とりどりの花が供えられている。カーポートに車が駐まっている家もある。お盆に避難先から帰ってきたのだろう。健康への不安は感じながら、それでも、我が家に帰りたかったのだろう。数台の車が路肩に連なって駐まった家では、これからのことを家族や親類で話し合っているのかもしれない。

庭に花がたくさん咲いている家もある。原発事故さえなければ丹精していたはずの庭は、雑草が生い茂ってしまい、緑の隙間から花の色がかろうじて見え隠れするありさまだったが、その中で頭一つ抜けた、赤い花があった。茎がまっすぐに伸びて、花が縦に連なって咲く——グラジオラスである。

それを目にした瞬間、なんともいえない思いに包まれた。

ちょうど半月前、僕は同じグラジオラスの赤い花を、遠い異国の、人が住んではならない村で見ていたのだ。

＊

7月31日と8月1日の2日間にわたって、チェルノブイリ原子力発電所を訪ねた。

もちろん、1986年に事故が起きたチェルノブイリと福島とを、安易に重ね合わせるつもりはない。

ただ、発電所から30キロ圏内の居住禁止区域で生活している人たちに会いたかった。彼らは皆、事故の直後に強制避難させられながら、また戻ってきたのだ。いまでは高齢者ばかりである。現地では「サマショール」（ワガママ、身勝手）と呼ばれている。不法居住者ではあっても事故の被害者でもある彼らに対し、政府も最低限の生活支援をしているらしい。

発電所への玄関口となるチェルノブイリ市は、ウクライナの首都キエフから約100キロの距離にある。居住禁止区域への立ち入りは非常事態省が管理していて、事前に許可を取らなければならないし、区域内では迷彩服姿の職員が常に同行する。「公式ガイド」と呼ばれてはいるが、案内よりも監視のほうが主なのだろう。

僕のガイドについたのは、ミーシャという青年だった。22歳だから原発事故のあとに生まれた世代である。

外を歩いたあとは、左右の手のひらと靴の裏に放射性物質がついていないか必ずチェックを受ける。居住禁止区域を出る時にはさらに大がかりな測定器で調べられ、乗ってきた車もチェックを受ける。万が一靴や服が汚染されていたら脱いで帰ってもらう、とミーシャは真顔で言う。まだ事故は「歴史」にはなっていないのだ。

実際、発電所付近の放射線量は、いまなお高い数値を示している。事故を起こした4号炉は放射性物質の拡散を防ぐためにコンクリートの石棺で覆われているが、その4号炉から数百メートルの距離で、毎時7マイクロシーベルト――石棺の耐用年数は30年とされている。そろそろ限界なのである。ウクライナ政府は2016年の完成を目指して石棺をさらに覆うシェルターの工事を進めているが、作業員がすぐに被曝限度量に達してしまうので、工事は遅れ気味だという。

発電所があるプリピャチ市は、発電所で働く人や家族の居住地として、1970年につくられた街である。事故の前は約4万8000人が住んでいたが、住民は全員退去させられ、いまは無人のゴーストタウンとなっている。

いや、事故から25年も過ぎてしまうと、もはや「タウン」としての面影すら薄れつつある。

メインストリートのレーニン通りは、森の緑が両側から迫って道幅が狭まり、小径同然だった。アパートやホテルの建物よりも、ポプラの木のほうがずっと背が高くなっている。窓が取りはずされた学校の床には吹き込んだ落ち葉が積もり、赤い実をつけたナナカマドの根元の地面を指差したミーシャが「イノシシの足跡だ」と教えてくれた。

16階建ての高層アパートの屋上に上ると、街の建物がほとんど森に覆い隠されているのがよくわかる。7、8階建てのビルなら上層階しか見えない。それより低い建物だと、生い茂る木々の緑の間に屋上がかろうじて見えるかどうか。道路や広場は、もうまったく見分けられない。

自分の中にあったゴーストタウンのイメージが覆された。街から人が消えるというだけではない。抜け殻となった街そのものが、繁茂する緑に呑み込まれて、朽ちていく。コンクリートの灰色が目立つ時期も確かにあったのだろうが、四半世紀をへると、その灰色も緑色の中に溶け込んで、不謹慎だと叱られるのを承知であえて言うなら、まるでリゾートホテルが点在する森のようにも見えてしまうのだ。

「サマショール」の家々もそうだった。パスタやヒマワリ油、砂糖やビスケットなどの食糧品を手土産に、2日にわたって2つの村の計4軒を訪ねた。どの家も古く、暗く、小さく、鬱蒼とした木立に半ば埋もれるような格好で、ひっそりと、ぽつんと建っていた。

ふるさとの村は強制退去によって地図から消され、昔馴染みの人もいなくなってしまった。それでも、避難先の土地で暮らすよりも村に帰ることを選び、ほとんど自給自足の貧しい暮らしをつづけながら、住み慣れた我が家を終の棲家と決めた老人たちがいる。

放射能は怖くありませんか――という僕の質問を、オパーチチ村のワレンチナさん（76歳）は一笑に付した。

「地面を見ても放射能なんか見たことないよ。目に見えないものは心配したってしょうがないでしょ。この村の地面に立つと気持ちがいいくらいだよ」

夫のイワンさん（75歳）と共にパーリシフ村に暮らすマリアさん（73歳）は、庭で飼っているニワトリがご自慢の様子だった。

「市販の鶏肉には薬品がたくさん入っているけど、ウチのニワトリは安心だよ。卵も美味しいんだから」

また、オパーチチ村に1人で暮らす母親のオリガさん（82歳）を訪ねてきた息子のイワンさん（55歳）は、自ら線量計を使って自宅の放射線量を計測しているという。

「安心できる数値でした。この付近の土壌には放射性物質が堆積しているという報道より、自分で計った結果のほうを信じます。私だって、いまはオデッサに住んでいますが、もしオパーチチ村に昔と同じようにお店や映画館があって、普通の生活ができるなら、生まれ育ったこの村で暮らしたいです」

ウクライナ政府は原発事故手当てとして年金を増額し、定期的な健康診断もおこなっている。週に一度は移動販売車が村に来るし、月に一度は無料のバスで居住禁止区域の外まで買い物に出かけられる。だが、もちろん、事故への怒りは消えたわけではない。

マリアさんの夫のイワンさんは「怒り？ そんなのは山ほどある」と言い切り、オリガさんの息子のイワンさんは「怒りは口には出せなかったけどね……」と苦笑する。

また、5年前に夫と死別して一人暮らしとなったパーリシフ村のアンナさん（75歳）は、取材の間も涙ぐんで寂しさを訴えた。息子2人はベラルーシ共和国に住んでいて、自由な行き来ができない。息子の一人がこっそり帰郷したときには、警察に捕まってベラルーシに連れ戻されたうえに、高額な罰金も支払わされたのだという。

「昔は同じソ連だったのに、いまでは息子たちと離ればなれになってしまいました。放射能？ それはあるでしょう。わかってます。でも、私はもう高齢だし、ここで生きていくしか……」

その直後、アンナさんは急に涙交じりの大声を張り上げた。

「こんな世の中、見なくてもいい！」

どこの家にも家族の写真が飾ってあった。古い写真は、事故の前、息子や娘が一つ屋根の下で暮らしていた頃のもの。新しいのは孫の写真である。

独立した息子や娘が村を訪ねてくることはあっても、老人たちのほうから出かけることは、まず、ない。孫に会いたくても、18歳未満の居住禁止区域への立ち入りは法律で禁じられている。イワンさんとマリアさんの夫婦には2人の孫がいる。6歳のソフィアちゃんと生後8ヶ月のイワンナちゃん、どちらも女の子だ。イワンナちゃんがこの村を訪れるまでには、あと18年近くかかる。「それまで生きていられるかどうか、自信はないけどね」とマリアさんはつぶやくように言った。

寂しさは、やはり隠しようがない。

だが、4軒の家の庭には、決まって花が咲いていた。ヒマワリや小菊、白い花、黄色い花、紫色の花……。中でもひときわ鮮やかだったのが、オリガさんの庭に咲く赤いグラジオラスだったのである。

オリガさんはウォッカを一杯ごちそうしてくれた。庭で穫れたトマトも出してくれた。ウォッカは美味かった。ためらいながら手を伸ばしたトマトも、甘酸っぱくて美味かった。最後に息子のイワンさんと3人で庭に出て、写真を撮った。決して手入れの行き届いている庭ではなかったが、グラジオラスの花は美しく咲き誇っていた。

なぜ、人は庭に花を咲かせるのだろう。花は空腹を満たすこともできず、カネに替えることもできない。だが、庭に咲く花を見て、心なごませる——それが、暮らしというものではないか。たとえ寂しい毎日であっても、花を愛おしむひとときが、大切な心の支えになってくれることもあるだろう。

「サマショール」の選択が科学的・医学的に正しいことなのかどうか、よそ者の僕にはなにも言う資格はない。ただ、その暮らしには、ささやかな彩りが確かにあった。胸の半分には割り切れない思いを抱きながらも、僕はそれを静かに肯定したいと思うのだ。

*

そんな半月前のチェルノブイリ取材の残像とともに、8月14日の被災地取材はつづいた。

飯舘村から南相馬市に抜けて、国道6号線の封鎖地点を目指した。ここから先は福島第一原発から20キロの警戒区域である。だが、『立入禁止』の立て看板と10人ほどの警察官によって塞がれた国道の「こちら側」と「あちら側」に、風景の違いなどはなにもない。チェルノブイリもそうだった。検問で厳しいチェックを受けて居住禁止区域内に入っても、車窓風景は検問の手前とひと続きのままだった。目に見える風景はなにも変わらないのに、世界そのものが壊された。それがゾッとするほど怖かった。

一方、南相馬市の封鎖地点からUターンして北上をつづけると、津波で大きな被害を受けた地域にさしかかる。震災から5ヶ月以上がたっても、まだ国道6号線のすぐ脇に漁船が打ち上げられている。国道の東、つまり海に近い側には、建物がほとんどない。一面の荒れ野の先に海が見える。

「震災前は、このあたりで6号線から海が見えるなんて考えられなかったんですけどねぇ……」

地元の人がぽつりと言った。

津波は原発事故とは対照的に、風景を壊滅的なまでに変えてしまった。それが悲しい。明暗を分かつものは津波が達したかどうかだけ、という理不尽が、むしょうに悲しかった。

福島県から宮城県に入って、山元町、亘理町《わたりちょう》と海沿いの町を走った。まだ復旧の進んでいない地区が多い。1階部分がめちゃくちゃに壊された家が、荒れ野の中に点在している。この家に住んでいた家族はどこに行ってしまったのか。あの家の家族はどうだ。ほんの5ヶ月ほど前までここにあった町は、どこに消えてしまったのだろう。

山元町に、墓石がほとんどぜんぶ倒れてしまったお寺の墓地があった。そこにも、手向けの花は咲いていた。家族や身内に新盆を迎える人がいるのだろう。きっと、たくさん。

春先の震災直後は泥の色だった荒れ野が、いまは雑草に覆われて、まだらな緑に染まった平原になっていた。壊れた家も雑草に隠されつつある。瓦礫の山にも雑草がぼうぼうと生えていた。プリピャチ市の風景がよみがえる。飯舘村の田んぼの様子も思いだした。生い茂る草や木の緑色にまがまがしさを感じてしまったのは、生まれて初めてのことだった。

50年後、この風景はどんなふうに変わるのだろう。町が再び生まれるのか、人々が戻って来られるのか。荒れ野のままなのか。いや、荒れ野はもはや森に変わっているのだろうか。

同じ50年後、「サマショール」の老人たちは全員世を去っている（きっと僕自身もだ）。居住禁止区域は、正真正銘の無人地帯となる。プリピャチ市と同様、廃屋は雑草に覆われ、森の緑に呑み込まれて、やがて朽ち果ててしまう。そして、オパーチチ村もパーリシフ村も、人々の記憶の中にしか残らないふるさとになってしまうのだ。

チェルノブイリ市には、居住禁止区域内にかつてあった村の名前を記したボードが並ぶ広場があった。いわば『村の墓場』である。今年4月、事故から25年を記念してつくられたその広場には、ラッパを吹く天使のモニュメントが置いてある。新約聖書の『ヨハネの黙示録』に出てくる天使――「チェルノブイリ」は「ニガヨモギ」の意味だという説があり、『ヨハネの黙示録』第8章の「ニガヨモギという名前の星が地球に落ちて、水を毒で汚染してしまう」というくだりを原発事故に重ねる人も少なくない。それを踏まえたモニュメントなのだろう。

4号炉のすぐそばには、ギリシア神話の「プロメテウスの火」をモチーフにした彫刻もあった。人類に火を伝えようとしたプロメテウスが全能の神ゼウスの怒りを買ってしまったことから、原子力はしばしば「プロメテウスの火」になぞらえられているのだ。

原発事故をとらえるには、神話や聖書を持ち出すしかないのか。そこまでのスケールで考えなければならないということなのか。人間一人の命の長さや叡智ではどうすることもできない、というのだろうか。

飯舘村でも、「50年後」に思いを巡らせた瞬間はあった。村立の臼石小学校を訪ねたときのことである。学校の裏庭には、卒業記念のタイムカプセルが埋まっている。目印の杭には「平成17年度」と「平成19年度」と書いてあった。おとなになった卒業生は、タイムカプセルを掘り起こすことができるのか。懐かしいモノを取り出して笑い合えるのか。そのとき、彼らのふるさとは、どうなっているのだろう。

グラウンドの放射線量は毎時5・19マイク

ロシーベルト——もしかしたら、村そのものが2011年春の厄災を封じ込めたタイムカプセルになってしまうのかもしれない。そんな苦い思いを噛みしめながら、放射線量の数値をメモに書き取ったのだ。

それでも、聖書や神話は、悲劇と厄災に重ね合わされるだけではない。

希望の物語も、そこにはある。

福島市の福島県立美術館では、この5月から『トらやんの方舟プロジェクト』が進められている。旧約聖書にあるノアの方舟である。

かつてチェルノブイリを訪ねたこともある美術家のヤノベケンジ氏が、1954年にビキニ環礁の水爆実験で被曝した第五福竜丸をモチーフに、希望の船『ラッキードラゴン』を2009年につくった。その構想段階で制作された模型を、ヌイグルミを乗せたノアの方舟にしよう、というプロジェクトである。

ガイガーカウンターを胸に付けたヤノベ氏のキャラクター作品・トらやんが見送るなか、学芸員の荒木康子さんによると「全国から130個ほど集まっています」というヌイグルミを甲板にぎっしり並べた方舟は、未来へと船出する。僕も東京から持ってきたカバのヌイグルミを乗せてもらった。それが取材の旅の締めくくりになった。

そして、ここにもまた、花は咲いていたのだ。

舳先近く、『ひこにゃん』の背負った「がんばろう！　福島」という幟《のぼり》のすぐそばに、ヒマワリの花が飾られていたのである。

それは祈りだった。希望だった。

花は、まっすぐに前を——未来を向いていた。

第七章

ここにもまた「被災地」が……

災害が多かった「平成」は、最後の1年間も甚大な自然災害が相次いだ。ラジオ番組『HEART TO HEART』は、基本的には東日本大震災の復興支援が軸なのだが、いままさに現地からのリポートが必要な「被災地」に目を向けないわけにはいかない。番組も連載も、構成を急遽、大きく変更することになった。

2018年7月下旬の、ある朝のこと。

いつものように新聞を読みながら朝食をとっていた（お行儀が悪くてごめんなさい）僕の耳に、つけっぱなしのテレビから、気になる言葉が流れ込んできた。

朝のニュースのお天気コーナーだった。台風が日本に接近していた。台風本体はまだ沖縄の南にあるものの、刺激された前線が、九州地方に荒天をもたらしている。気象予報士は現在の雨の状況を説明し、今日から明日にかけての予報を伝えた。

「――強い雨の範囲は被災地にも広がりそうなので、心配ですね」

その言葉に、思わず「え？」と声が出た。「なんで？」とも、つぶやいた。沖縄の南にある台風が、東北の三陸地方――東日本大震災の被災地にまで影響を与えているというのか？振り向いて確かめると、テレビの画面に映っているのは中国・四国地方の天気図だった。発達した雨雲は、西日本を縦断する格好で近畿地方へと向かうらしい。

ああ、そうか。「被災地」とは、こっちのことか。

ため息交じりにうなずいた。

僕は岡山県の出身である。僕自身が実際に生活したことはないものの、母や妹、親戚の多くは岡山で暮らしている。年に何度か母を訪ねて岡山駅に、あるいは岡山空港に降り立つと、やはり「帰ってきたなあ」と思う。「ふるさと」と言い切るには、還暦が視野に入ってきた歳になっても微妙なためらいがあるが、「ただいま」が言える土地は、いま暮らしている東京以外には、岡山しかない。

その岡山が、この夏、「被災地」になった。

6月終わりから7月上旬にかけて列島を襲った豪雨によって、河川の氾濫や堤防の決壊、土砂災害など、甚大な被害を受けたのだ。

ニュースが次のコーナーに切り替わってからも、ため息の余韻は消えなかった。「被災地」の一語を耳にした瞬間、東日本大震災にしか思いが至らなかったことに、あらためて恥じ入るしかない。

東日本大震災の発災から7年をへて、日本地図にマーキングするように、「被災地」は増えていった。記憶に新しいところでは、2017年の九州北部豪雨があり、2016年の熊本地震があった。2014年には広島市の安佐北区と安佐南区で土砂災害が発生し、74人もの死者を出している。死者が58人に達して、戦後最悪の火山災害となった御嶽山《おんたけさん》の噴火もまた、同じ2014年のことである。

もちろん、それ以外にも自然災害は幾度となく全国各地で発生したし、そのたびに新たな「被災地」が生まれた。日本地図のあちこちに点在する「被災地」を、たとえば赤いインクで塗っていくと、この島国が満身創痍で血を流していることは一目瞭然だろう。

なのに、僕たちは忘れてしまう。小さな「被災地」を忘れ、古い「被災地」を忘れて、そしてなにより——「次の被災地はどこだ」という、未来を忘れてしまう。それがほんとうに、自分でも呆れるほど情けなかった。

岡山県のキャッチフレーズは「晴れの国」である。県のトータルイメージを表現する言葉として、1989年から使っているというから、すでに約30年の歴史を持っている。

事実、岡山県のホームページによると、気象庁が公表する最新の平年値（統計期間1981~2010年・次回は2021年に公表）では、全国の都道府県庁所在地（ただし埼玉県は熊谷市、滋賀県は彦根市で観測）の中で、降水量1ミリ未満の日数が年間で最も多いのが岡山市だったのだ。その日数は、276・8日。単純に計算すると、1ヶ月のうち23日は、雨がまったく降らないか、降っても1ミリ未満のお湿り程度ということになる。

そんな「晴れの国」に、7月5日から7日にかけて、激しい雨が降りつづいた。川があふれ、堤防が決壊し、崖が崩れた。無数の家屋が水に浸かり、土砂に呑まれた。多くの人の命が奪われて、幸せな暮らしが断ち切られた。

豪雨のさなかは、テレビのニュースから目が離せなかった。仕事もそっちのけで、パソコンやスマートフォンにかじりついてインターネットで情報を集めた。岡山市で一人暮らしをしている年老いた母を案じながら、遠く離れた東京にいる自分の無力さに歯ぎしりして……。

それがほんの1ヶ月足らず前のことなのに、もう僕は忘れてしまっている。「被災地」と岡山とを、すぐにはつなげられなかった。

スケジュールを調整して、8月の終わりに「被災地」に向かった。テレビの画面やパソコンのディスプレイ越しではなく、乾いた土砂が土埃となって舞い上がる「被災地」をじかに歩いた。

だが、7月下旬のあの朝についた深いため息の余韻は、取材中も消えなかった。それはやがて胸の奥に澱んだ苦みとなって、いまもまだ残っている。

僕はこの文章を、きわめて個人的な悔恨と羞恥に根差して書き進めているのだ。

＊

「被災地」を歩いた8月29日は、倉敷市の最高気温が34・4度を記録した暑い日だった。

最初に訪ねたのは、倉敷市災害ボランティアセンターが設置された中国職業能力開発大学校——「被災地」の倉敷市真備町《まびちょう》から車で15分ほどで、JRの新倉敷駅や山陽自動車道の玉島インターチェンジからも至近の同校は、ボランティアの基地としてうってつけの条件を備えている。

　駐車場になったグラウンドには、岡山ナンバーや広島ナンバーはもとより、大阪や滋賀、富山といったナンバープレートのついた車が何十台も駐まっている。東日本大震災や熊本地震のときにもボランティアで現地入りしたのだろう、東北や熊本のステッカーを貼った車も少なくない。

　体育館の出入り口付近には、テントが何基も並んで、ボランティアの受付や人員整理をおこなっている。ヘルメットをかぶり、感染症や不慮の事故に備えたゴーグルで目元を保護したボランティアの人びとが、テントの前に停まったバスに次々に乗り込んでは、真備町の現地へと向かう。

　ああ、そうだったな、と僕はつぶやく。既視感がある。7年前の「被災地」で、こんな光景を何度も繰り返し目にしてきた。宮城県の石巻市でも南三陸町でも、岩手県の陸前高田市や福島県の相馬市でも……。それを懐かしさと呼んでしまっては不謹慎だろうか。

　グラウンドのバックネットに、大きな横断幕が掲げられていた。

〈がんばろう！　倉敷・真備〉

　地名を三陸の町に替えれば、これもまた、7年前の記憶ときれいに重なり合ってしまう。

　しかし、それにしても暑い。まだ昼前だというのに、照り返しがまぶしくてしかたない。

皮肉なことに、この陽射しこそが「晴れの国」の面目躍如なのか……。

倉敷市真備町の地図を広げると、ため池や用水路が数多くあることに気づく。もともと、ここは雨が少なく、灌漑《かんがい》用水の確保に苦労してきた土地なのだ。

実際、気象庁が発表したデータによると、8月に入ってから倉敷市に雨はほとんど降っていない。月の前半の降水量はゼロだった。15日に3・5ミリ降り、翌16日に2・5ミリ、1週間空いて、23日こそ24・5ミリのまとまった雨になったが、翌24日に3・5ミリ降ったあとは、29日のこの日まで降水量はゼロなのだ。

7月はどうか。やはり8月と同様である。

豪雨が去った7月8日に1・0ミリ降ったあとは、29日に29・0ミリを記録するまで、雨はまったく降っていない。

だからこそ——あの豪雨がいかに激しいものだったか、よけいな言葉は費やさず、雨がピークだった7月5日から7日までの3日間の降水量だけを掲げておくことにする。

5日　72・5ミリ
6日　138・5ミリ
7日　64・5ミリ

注意深い読み手は、この記事がある一つの言葉を避けて綴られていることに、すでにお気づきだろう。

マスコミの報道ではすっかりお馴染みで、あたかもそれが正式名称のように思われがちなのだが、じつは気象庁では「西日本豪雨」という言葉をつかっていない。

7月9日に気象庁が発表した、このたびの豪雨災害の正式名称は「平成30年7月豪雨」――豪雨の始まりを6月28日にして、北海道や中部地方での被害も加えている。たとえば北海道では7月3日に旭川市と深川市で石狩川が氾濫しているし、東川町の天人峡温泉では道路が崩落して、一時は宿泊客など約130人が孤立してしまった。岐阜県関市でも、8日未明からの豪雨のさなか、車が用水路に転落して1人が死亡している。

7月の豪雨の「被災地」は、岡山だけではない。広島や愛媛だけでもない。それを忘れると、僕は再び、岡山を「被災地」に結びつけられなかったのと同じ愚を犯してしまうことになるだろう。

その戒めを胸に刻みつつ、しかし、岡山や広島、愛媛の被害が突出していることは書き留めておきたい。

平成に入って最悪の水害と呼ばれる今回の豪雨による死者・行方不明者は、全国で230人。そのうち、広島県114人・岡山県64人・愛媛県27人（いずれも8月7日の時点）――

3県だけで200人を超える。

中でも、水没した町の風景が繰り返し報じられ、豪雨の象徴的な土地となった倉敷市真備町では、わずか3日間に集中して降りつづいた雨によって、町域の27パーセントが水に浸かり、住民51人の命が奪われた。

7月22日の毎日新聞の記事によると、死者のほぼ9割が自宅で発見され、寝室や居間、台所など、ほとんどが1階にいて水に呑まれたと見られる、という。

*

真備町薗《その》地区に暮らす浅野静子さんは、豪雨のとき、夫とは別行動をとった。

「6日の夜、ウチの側を流れる末政川の水位がどんどん上がってきて、日付が変わった頃に、川の向こう岸が決壊したんです。その濁流を見て、怖くて怖くて、これは避難するしかない、と」

浅野さん宅は、二世帯で暮らしている。母屋には浅野さんと夫、まだ新しい離れには、息子さんの一家――ただし息子さんは東京に単身赴任中。

「わたしは息子の奥さんと孫と一緒に、避難所に向かったんですが、主人は家に残りました。

テレビでも『2階に避難してください』と言っているから、2階でいいんだ、と言うんです」

　それを知った東京の息子さんは、すぐさま電話をかけて、懸命に父親を説得し、父親もそれを受け容れて避難所に向かった。その後末政川の堤防が決壊、浅野さん宅は1階部分が水に浸かり、土砂に埋まって、全壊してしまった。

「もし主人が家に残っていたら、ボートで救助してもらうしかなかっただろうと思います」

　浅野さんは何度も「まさか」を繰り返した。

「まさか末政川が決壊するとは思ってもみませんでしたし、ご近所の皆さんも、玄関先まで水が来たときも、まさか1階まで来るとは思わなかったから家に残って、結局たくさんの方がボートで助けてもらったんです」

　浅野さんに末政川を案内してもらった。どこにでもありそうな、ごく小さな川だ。確かに、この川があふれ、堤防が決壊して、町が泥水に浸かってしまう……という光景をうまくイメージすることはできない。だが、その「まさか」は、現実のものになってしまったのだ。

　真備町箭田《やた》地区で、精神に障害のある人たちのグループホームや作業所、地ビールの醸造所を運営している『岡山マインド「こころ」』の代表理事・多田伸志さんは、グループホームの入居者の避難について、「失敗でした」と苦い表情で言った。

「建物の2階にいればだいじょうぶだろうと思って、みんなを自宅待機にしたんです。すると、予想以上の水かさになって、みんな取り残されてしまいました」

多田さんは素潜りで使う足ヒレをつけて濁流を泳ぎ、孤立した入居者を1人ずつ救い出した。

そのことを僕が称賛しかけると、多田さんは照れ隠しではなく真顔でさえぎって、「いままで自然の怖さをないがしろにして生きてきたんだ、というのを痛感させられました」と反省の弁を繰り返す。

「ハザードマップも、じつはちゃんと作られていて、僕たち住民のもとにも届けられていたんです。今回浸水した範囲もマップどおりでした。でも、受け取る僕たちの意識が低すぎたということですね……」

多田さんの自宅は幸いにして浸水などの被害はなかったが、避難所生活を強いられている知人から話を聞くたびに胸が塞がれる思いだという。

「特に、精神障害者と呼ばれる方々のような災害弱者にとっては、避難所に入っても、なかなか居場所がないんです。避難そのものも、途中の道が渋滞していて全然逃げられないとか、いろんな課題が場面場面で見えてくるんですよ。でも、それは過去に東日本大震災や熊本の地震で経験していて、みんなわかっていたはずなのに、なにもしてこなかった……ほんとうに、僕たちの大きな失敗だったと思っています」

だが、悔やんでばかりもいられない。

多田さんはいま、同じ真備町にある福祉系の事業所や病院などとプロジェクトを起ち上げようとしている。被災した皆さんの心的なサポートを、仮設住宅から最後の一人が退去するまで続けていこう、と決めている。

先は長い。そして、目の前の「いま」の課題も多い。

真備町に3ヶ所ある避難所の一つ——倉敷市立岡田小学校の体育館には、8月終わりの時点でも十数組の家族が生活していた。段ボールベッドに、申し訳程度にプライバシーを確保する間仕切りも段ボール、これもまた過去の災害現場でお馴染みの光景だった。

ボランティアスタッフの女性が申し訳なさそうに言った。

「この季節は食中毒が怖いので、食事の献立にもなかなか変化をつけられないんです」

朝はおにぎり、昼は菓子パン、夜は揚げもの中心のお弁当の繰り返しだという。避難所にいる人たちは、こんな食生活を2ヶ月近くも続けているのだ。

仮設住宅の入居は取材後の9月半ばから始まったが、1995年の阪神・淡路大震災の頃からずっと続いている、住民の孤立化の問題は、はたして解消されるだろうか。災害公営住宅は、どこまで被災者のニーズに寄り添えるのか。町の復興には、どんなビジョンが掲げられるのか。そのときに、こぼれ落ちてしまうものはないか、置き去りにされてしまう人たちはいないのか……。

多田さんは「すごく嫌らしい言い方になってしまいますが」と前置きした上で、新たな町づくりを始めることを「チャンス」だととらえている。

「もともと真備は、精神障害者と言われる人たちをとても温かく迎え入れてくださったところなんです。それを活かして、いろいろな人が知り合って、町を一緒につくっていけるといいですよね。障害のある人も、お年寄りも、子どもたちも、いままで声を出せなかった人たちも含めて、みんなが町づくりに参加できるといいな、と思っています」

むろん、そのときには、たとえば神戸の町づくり、気仙沼の町づくり、石巻や陸前高田の町づくり、益城町の町づくり……さまざまな先行事例が（時として反面教師にもなりつつ）参考になってくれるだろう。

前出の浅野静子さんは、住み慣れた自宅を全壊させてしまった末政川を、いまも決して恨んではいない。

「生まれてからずっと、末政川はここにあったんです。あるのがふつうで、これからもあるものだと思っています。今度は決壊しないように堤防をじょうぶにつくってもらって、川と付き合っていきたいですよね」

同じようなことは、多田さんからもうかがった。

「この土地は昔からずっと、川の水害とともに生きて、その水が運んでくる栄養、肥沃な土壌も含めて共存してきたのだと思います。だから、そのあたりをもう一度見直すことから、水が来ても命を守れる街をつくっていかないと」

「川」を「海」に替えれば、それは、津波に襲われた三陸の街で住民の皆さんに聞いた言葉とも響き合うのだ。


駆け足で岡山の「被災地」を回って東京に戻り、月が改まった9月4日、25年ぶりに「非常に強い」勢力で日本に上陸した台風21号が、近畿地方を中心に大きな被害をもたらした。死者が14人、負傷者が954人、破損した家屋は5万298棟にものぼり、関西国際空港は浸水したうえにタンカーが連絡橋に衝突して、一時孤立状態になってしまった。

さらに、台風上陸のわずか2日後、9月6日には、最大震度7を記録した北海道胆振《いぶり》東部地震が発生し、41人の命が喪われた。

新たな「被災地」が、また増えてしまった。今後も、残念ながら、どこかの街が……。それはとても悲しいことではあるが、受け容れなければならない現実でもある。

岡山の「被災地」の経験は、この次の「被災地」に、なにを伝えられるだろう。

第八章

オレ、想像力、足りなかった

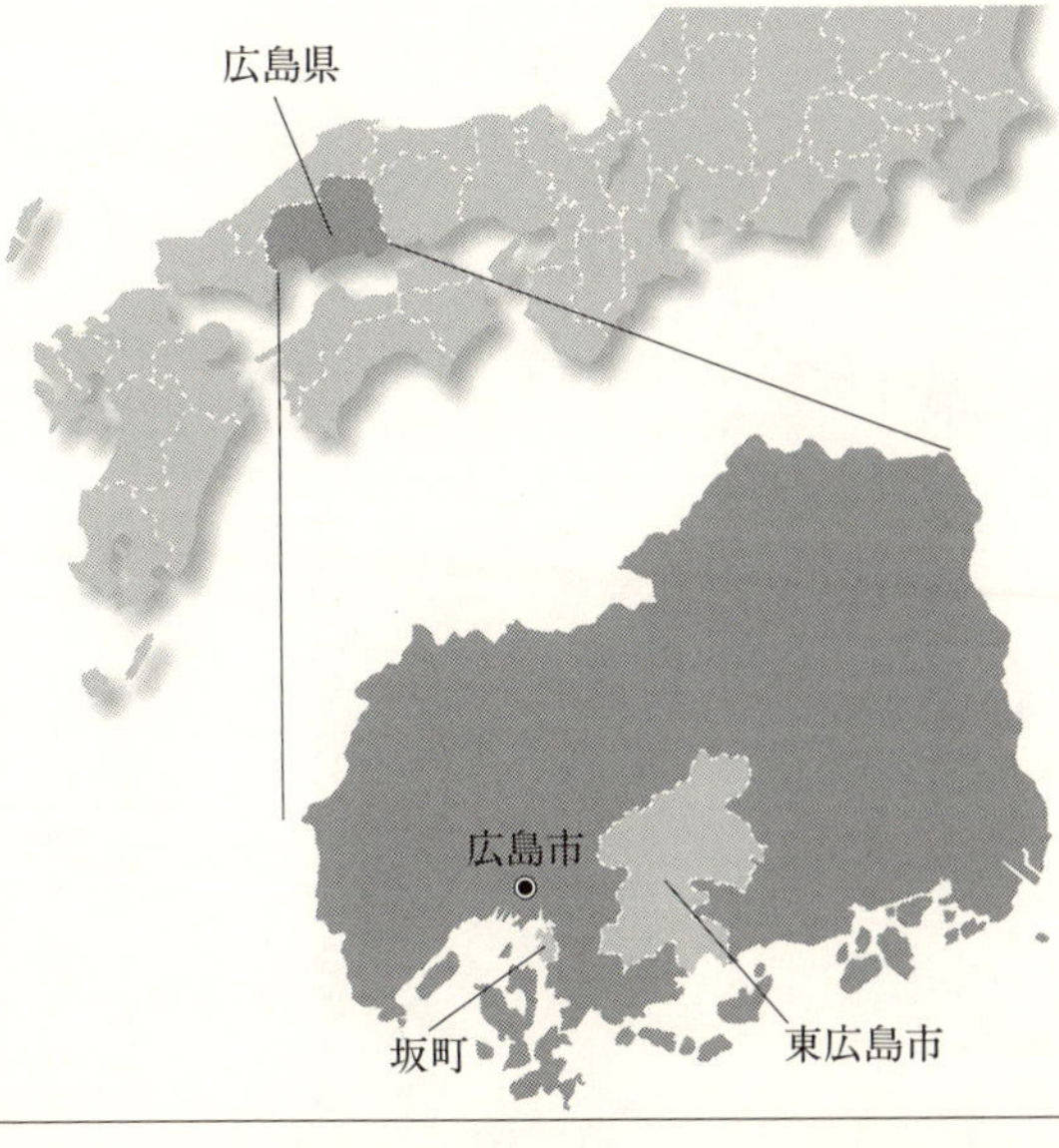

印象が散漫になるのを防ぐため、ルポは東広島の話に絞ったのだが、取材では土砂災害に襲われた広島県坂町も歩いた。家の床下を埋め尽くした土砂と、そこに潜り込み、横になったまま、スコップではなく手で土砂をかき出していたボランティアの姿は、いまも忘れられない。ここにメモ書きだけしておく。

――土砂崩れにより道路が寸断され、〇〇集落は孤立状態に置かれています――

災害を報じるニュースで時折（いや、残念ながらしばしば）そんな言葉が出てくることがある。

――××病院には、まだ多くの入院患者が取り残されていて、救助を待っている状態です――

そういう記事やアナウンス原稿も、災害の時代＝平成の三十年を通じて、僕たちは幾度となく、胸塞がれる思いで見聞きしてきた。

2018年7月の豪雨でもそうだった。現場にたどり着くことができないために、被災の状況すらわからない地区がいくつもあった。「孤立」して「取り残されて」しまった被災者の心細さを思い、身の安全を祈りながら、テレビにかじりついていた人は、きっと数多いだろう。

僕もその一人だった。

だからこそ、豪雨で「孤立」した集落の一つ――広島県東広島市黒瀬地区で古民家カフェ『TOMODACHI』を営む友田吉紀さんの言葉に、虚を衝かれた。

「自分たちが『孤立』していたのかどうかなんて、そのときにはピンと来ていないんですよ。とにかく情報がなにもないので、なにがどうなってるのかわからなくて……」

「孤立」した被災者の心にのしかかるのは、「『孤立』してしまった自分たちには、いつ救助の手が差し伸べられるのだろうという不安」以前に、「いま、自分たちがどういう状況に置かれているのかわからないという不安」なのだ。

電気をはじめとしてインフラが途絶し、道路の陥没や土砂崩れ、橋梁の崩落などで、人や物資の行き来ができなくなってしまう「孤立」――それはすなわち、情報が遮断されてしまうことでもある。言葉遊びをするわけではないが、真の意味での「孤立」とは、「孤立」してしまったことじたいわからなくなる状態を指すものかもしれない。

＊

若い頃は海外貧乏旅行中に拳銃を突きつけられたこともあったという友田さんは、がっしりとした体格でキモの据わっていそうな、いかにも頼もしさあふれる偉丈夫である。そんな友田さんが、豪雨から2ヶ月近くたった頃の僕の取材に応えて、「怖かった」という言葉を繰り返した。

「とにかく情報がなにもないんですから。停電して、夜になると真っ暗で、雷雨と川の流れる轟音しか聞こえないんです。視力を失ったようなもので、ほんとうに怖かったですよ」

黒瀬地区は、これぞニッポンの里山と呼びたくなるような、のどかな農村である。豪雨の約2ヶ月後に訪ねた僕は、思わず「ここが?」と首をひねった。「ここが、水浸しになったんですか?」

青々とした田んぼが広がり、ゆったりとした構えの農家が点在する農村風景が、あの日——7月7日から8日にかけては、一面の泥水の海と化した。大規模な道路陥没だけでも3ヶ所を数えるほどの被害を受け、周辺の地区への交通が遮断されて、2日間に渡ってどこにも逃げられない状況だった。

だが、「孤立」した友田さんたちには、自分がいまどんな状況に置かれ、どんなふうに取り残されているのかということすら、わからなかった。

「7月6日の時点で、ウチのすぐ裏を流れる川が決壊しそうでした。それを119番通報しようと思ったんですが、電話はずっと話し中でつながらなかったので、インターネットで消防署の電話番号を調べて、そっちに電話をかけたんです」

なんとか電話がつながり、状況を伝えると、避難できる状況なら避難したほうがいい、との答えだった。友田さんは避難所の場所を尋ねたが、消防署では避難所の場所は把握していなかった。

「しかたがないから、また市役所の電話番号を調べて、電話をかけたんです。でも、役所のほうもパニックになっていて、まったく話が通じない。逆に向こうの担当者が『あなたの電話番号を教えてください。状況がわかったら、こちらから連絡します』と言いだすありさまでした」

結局、避難所の場所はわからないまま、外に逃げるに逃げられない状況で、前年結婚したばかりの奥さんと赤ちゃんを連れて自宅の2階に避難せざるをえなかった。

「6日の夜に、雨はいったん治まったんです。でも、7日の明け方、まだ薄暗いうちにまた豪雨になって、夜明けになるのを待って2階から様子を見ると、川が両岸とも決壊していて、泥水がウチのまわりの田んぼを茶色に染めていました。あれはほんとうに怖くて、恐怖を感じましたね」

外からの情報はインターネットが頼りだった。NHKがいち早くニュースのネット無料配信を始めたので、被災地全体の状況については、なんとか把握できた。しかし、友田さんが最も必要としているのは「いま、ここ」の情報なのだ。

「インターネットのYahoo!ニュースでも、一般的な情報はあるんです。でも、黒瀬地区がどうなっているんだというところまでは、NHKの全国放送もYahoo!ニュースも採りあげてくれません」

情報の受け手としてのもどかしさを感じつつ、友田さんは逆に、自分から黒瀬地区の状況を発信する側に回った。7月6日からフェイスブックとインスタグラムで、川の水かさが増し、川岸が決壊して、氾濫する様子を、逐一インターネットに上げていったのだ。

「いつ充電が切れるかわからないし、Wi-Fiも寸断されるかもしれないので、とにかくオンタイムでどんどん発信していきました。そうすると、レスポンスも速いんです。がんばってくださいとか、無事をお祈りしますとか、そういう励ましがすぐに返ってくるのがありがたかったですね」

さらにフェイスブックで黒瀬地区の情報を寄せてもらうグループをつくると、地区の住民からの投稿だけでなく、他県からの投稿も加わり、被災地の「内」と「外」の両方から情報が集まった。

「みんなからもらった情報を『目』の代わりにして、やっと状況がわかってきた。失われた視力を取り戻せたという感じでしたね」

受け手として情報を待っていても埒が明かない。ならば、自分自身がメディアとなって情報を集めればいい。それこそがSNS時代の「孤立」脱出法の極意なのかもしれない。

だが、発災直後の「孤立」から脱した友田さん――そして黒瀬地区は、ほどなく、次のフエイズの「孤立」を実感してしまうことになる。

被災地の「内」と「外」の温度差、である。

「NHKの全国ニュースが流す情報と、広島のローカルニュースが流す情報は、まったく違うんです。広島では豪雨から1週間、2週間たっても、現地の支援情報が流れていました。ところが東京のスタジオから流す全国ニュースは、豪雨から3日ほどたつと、もう番組の中心は豪雨の被害を防ぐ対策に切り替わっていました」

被災地の「内」が求めている情報は、具体的かつ現実的な支援のディテール――どんな支援物資がどこに集まっているか、仮設住宅やみなし仮設住宅への入居手続きはどうすればいいのか、土砂の撤去やインフラの復旧はどこまで進んでいるのか……なのに、「外」からもたらされる情報は、なぜ災害が起こったのか、どうやったら防げたのかという議論や検証ばかりだった。

「ああ、自分たちは取り残されてるんだなあ……という声は、私のまわりからも聞こえてきました」

さらに、被災地の「内」にも、有形無形さまざまな差が生じてしまう。

「マスコミ受けする被災地と、しない被災地って、あると思いませんか？」

友田さんは冗談めかして、けれど寂しそうに僕に訊いたのだった。

＊

とても乱暴で無神経な言い方をする。お叱りは覚悟のうえで、あえて、言う。

「災害によって、その存在が広く知られることになった場所」というのは確かにあるのだ——と。

阪神・淡路大震災の場合なら神戸市長田区、新潟県中越地震なら川口町や山古志村、熊本地震なら益城町や南阿蘇村の名前が挙がるだろう。

東日本大震災の津波の被災地で言うなら、石巻市の雄勝《おがつ》、釜石市の鵜住居《うのすまい》、大船渡市の越《お》喜来《きらい》などは、震災以前にはクイズ番組に登場するレベルの難読地名で、地元以外ですぐに読める人はめったにいなかったはずだ。

福島第一原発事故で探すと、大熊町や浪江町や富岡町も、残念ながら最も不幸な形で全国区の町名になった（事故の前にはほとんど無名だった自治体が集まる地域だからこそ、そもそも原発がつくられたのかもしれないと、いま、思った）し、さらには原発から何十キロと離れた飯舘村まで、無念とやるせなさと共に、それに名を連ねることになってしまった。

ならば、２０１８年７月の豪雨はどうだろう。何年かたって、「あの豪雨の被災地は？」と訊かれて多くの人がパッと思いだすのは、どこになるのか。

町がすっぽりと水没してしまったかのような岡山県倉敷市の真備町か、土砂が家々を押しつぶしていった広島県呉市の天応地区や広島県坂町か……。

黒瀬地区はどうか。率直に言って、数年後に誰もが覚えているというわけにはいかないだろうな、と思う。

「ここは、真備町や天応ほど被害が大きかったわけではありませんから、報道の人もあまり来てくれません。やっぱり真備町や天応の被害は、目で見てすぐにわかるし、インパクトがありますから」

友田さんの言葉に、マスコミの端くれの書き手として、無言で肯《うべな》うしかなかった。

黒瀬地区で最も報じられたのは、広島国際大学のキャンパスだろう。道路を一本隔てた山が崩れ、大量の土砂が大学の敷地に流入した。豪雨から2ヶ月たっていても、文字どおりの爪痕は、くっきりと残っている。山がてっぺんからえぐり取られ、剝き出しになった茶色い山肌が、まるでスキー場のゲレンデのように麓へと延びていた。あの日、扇形に広がった土砂は、道路を呑み込み、大学の校舎や学生寮へと迫って、ぎりぎりのところで止まったのだ。

その光景は、特に豪雨の直後、テレビや新聞や雑誌で、何度も紹介された。これもまた不謹慎との謗りを甘受して、あえて言うなら、インパクトのある――すなわち「映える」現場だから、だろう。

広島国際大学を襲った土砂災害では、幸いにして人的被害はなかったのだが……だからこそ、多くの人が亡くなった真備町や天応、坂町に比べて報道の波が退くのも速かった。「外」

の関心が急速に薄れてしまった、という側面もあるだろう。

いずれにしても、黒瀬地区が報道されるのは、土砂災害をめぐるニュースが大半だった。テレビのカメラやマイクが、友田さんのように川の氾濫や浸水被害に遭った人たちに向けられることは、ほとんどなかった。

「私の自宅も床下浸水ですから、水が退いたあとは、目に見える形での大変さはありません。でも、床の湿気がひどくて、それが壁のほうにも上がってきて、トイレや風呂まわりはカビがすごいんです。食器棚の下もそうです。工事をしてもらいたくても、工務店の人も、公共の道路や床上浸水や全半壊した家から優先なので、ウチにはいつ来てもらえるのかわかりません」

さらに、古民家カフェならではの苦労もある。

「床下とはいえ泥水に浸かったわけですから、消毒をしないとお客さんを迎えられません。消毒薬は最初、役所のほうから少し配ってもらっただけで、あとは自分で買わないといけないんですが、どこに行っても売り切れで……」

結局この夏は、知り合い以外のお客さんに料理を出すことはできなかったという。

「床下浸水って、地味に大変さが長引くんですよねえ」

友田さんは笑う。その大らかな人柄に、僕もつい頬をゆるめてしまいそうになって、あわてて引き締めながら、自問した。

オレは、床下浸水した家屋に残る湿気について、想像したことがあったか――？

日常生活が困難になるほどの被害ではなかったという不幸中の幸いが、かえって復旧が後回しにされてしまうという不運を招くこともあるのだと、考えたことがあっただろうか――？

黒瀬地区の被害は、広島国際大学の土砂災害以外にもあるのだと、ちょっと冷静に考えれば至極当然のことを、あのときのオレはわかっていたか――？

自治体の名前や地区名で語られることすらない、小さな被災地が、ほんとうは無数にあることを、どこまでクリアにイメージできていたんだ――？

次第に落ち込んできた。

原稿を書いているいまは、さらに落ち込んだ。インタビューを終えて友田さんと別れたあと、黒瀬地区から帰京のために広島空港に向かう途中、小さな土砂崩れの現場が車窓を何度もよぎったことを思いだしたのだ。あの現場には、もちろん報道陣は来ていないだろう。土砂を運び出すボランティアは……どうだったのだろう……。

被害の状況が報道の形で「外」になかなか伝わらないことも、もちろん、被災地の「内」にいる人たちを「孤立」させてしまう。けれど、最も大きな「孤立」を生む源は、「内」と

「外」を結ぶマスコミにではなく、「外」にいる僕たち自身の「内」――想像力の欠如にこそあるのだと思い知らされたのだ。

＊

友田さんは、自らも被災しながら、豪雨禍で夏休みを楽しむことができなかった子どもたちのために『ＴＯＭＯＤＡＣＨＩ』でチャリティーイベントを開いた。

全国から駆けつけるボランティアが「外」から「内」への支援だとすれば、こちらは「内」から「内」への支援ということになる。

「今年の夏は、子どもたちが全然水遊びができなかったという話を知って、なにかしようと思ったんです。友だちに相談したり、スポーツ用品のメーカーや広島のスーパーマーケットにも協賛してもらって」

大きなビニールプールを寄付してくれたのは、「被災地のためになにかをしたいけれど、なにをやったらいいかわからない」という思いを胸に抱えていた、友だちのプロバスケットボール選手・仲摩匠平さんだった。スポーツ用品のメーカーやスーパーマーケットも同様に、「なにかきっかけがあれば、ぜひやりたい」という状況だった。だからこそ友田さんがＳＮ

Sで発信した呼びかけに、すぐさま賛同してくれたのだという。

「50人ぐらい子どもたちが集まってくれて、プールで水遊びをしながら、バーベキューをしたり、流しそうめんをしたり……というのを、この夏は3回やりました」

広島で活動するラップユニット・ヤルキストと、香港の人気ラッパー・KikiTamをつないで、復興応援ソング『Sparkling Sunshine～陽光日～』もつくった。ミュージックビデオの舞台は黒瀬地区、そして『TOMODACHI』である。

「まったく被災していない人が楽しいことをSNSにアップすると批判を浴びるということで、なにもできない人も多かった。でも、僕たちは被災しているから発信しやすいんですよ。だから、僕らがいち早く上を向くというか、一歩踏み出さないといけないという思いがありました」

「内」にいるからこそ、「内」がいま求めているものがわかる。「内」にいるからこそ、「外」に向かって、「被災者の皆さん」ではなく「私たち」の姿を発信できる。

復興応援ソング『Sparkling Sunshine～陽光日～』の中には、こんなフレーズがある。

〈ハッピーはハッピーを呼んで／Sad（悲しみ）はsadを呼ぶ／なら俺は……〉

〈……〉の箇所にどんな言葉を当てはめるか。被災地を「孤立」させないための第一歩は、その想像力を持つことなのかもしれない。

友田さんは水遊びイベントの思い出を、ほんとうに楽しそうに話してくれた。

「プールで遊ぶ子どもたちを見るだけで、こっちも楽しくなるんですよね」

ハッピーがハッピーを呼んだ。

友田さんは満面の笑みを浮かべる。取材中はずっと、寂しさや悲しさや、明るくふるまう優しさが見え隠れしていた友田さんの笑顔が、ようやく、初めて、ハッピーそのものになった。

だから僕も、今度こそ、素直に笑い返して応えることができた。原稿を書いているいまは、やはりまた、想像力の乏しいオノレを責めて、口角が微妙に下がってしまうのだけれど。

第九章 台風一過のあと

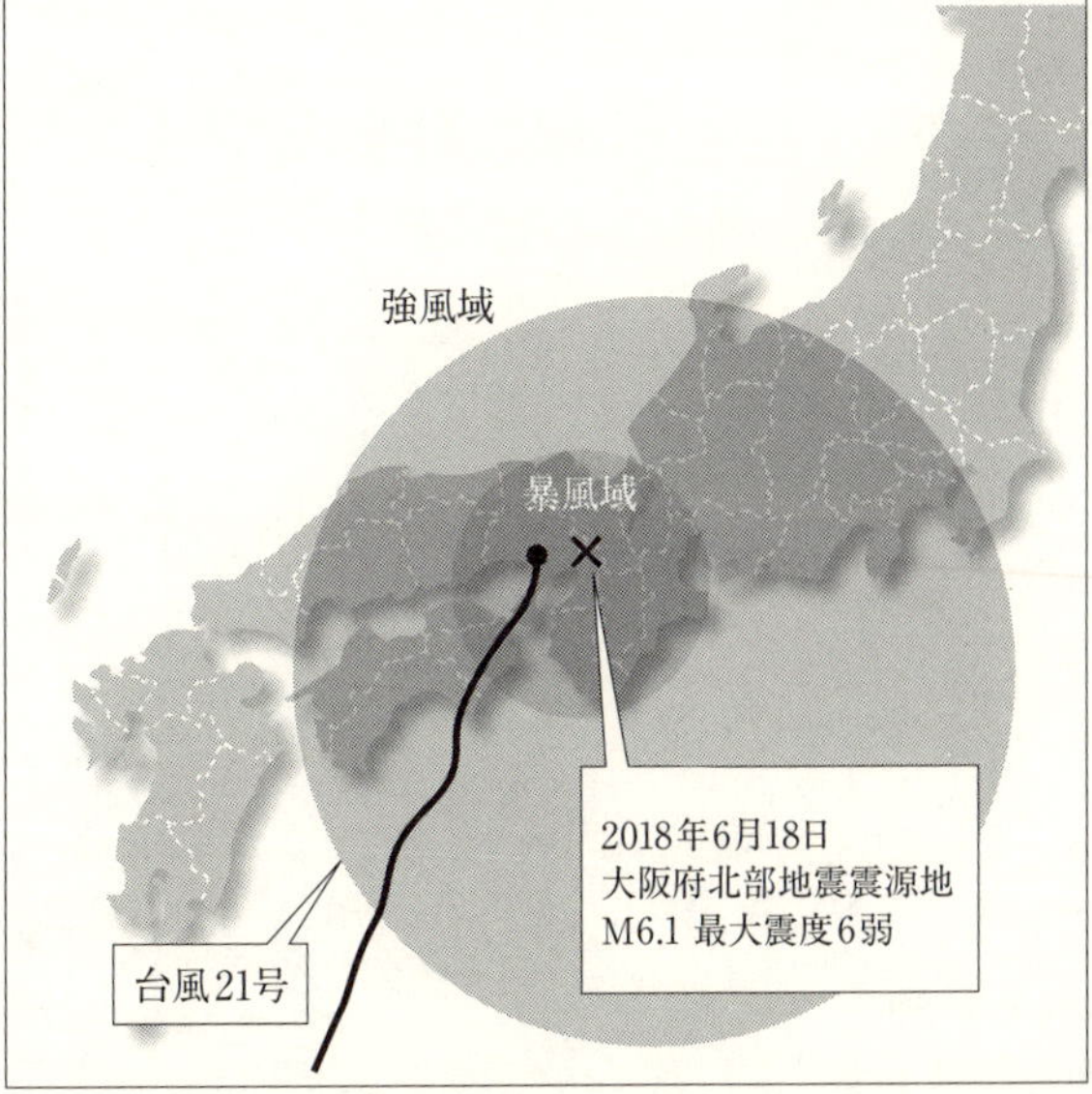
強風域
暴風域
2018年6月18日
大阪府北部地震震源地
M6.1 最大震度6弱
台風21号

台風21号で大きな被害を受けた大阪城公園で、倒れた樹木を触らせてもらった。樹齢数十年にも及ぶ大木を根こそぎ倒した暴風は、きっとすさまじい轟音を大阪の街に鳴り響かせていただろう。風速という数字の記録ではなく、あの夜の恐怖の記憶を、どうにかして想像してみたかったのだ。

台風一過——。

この言葉を和歌の枕詞ふうに用いるなら、どんな言葉がくっつくだろう。「青空」「晴れわたった空」「雲一つない、抜けるような空の青」といったあたりになるか。

「台風一過の青空の下、小学校の子どもたちは元気に登校しています」

なんの違和感もない一文である。だからこそ、僕たちはつい忘れてしまう。台風はこの町から通り過ぎただけで、まだ消えていないんだ、ということを。

この町から数十キロ、数百キロ離れた別の町は、いままさに嵐のさなかにあるはずだ。裏返せば、この町に暴風雨が吹き荒れていた昨日、台風の進路の手前側には、台風一過の青空が広がっていた町もあっただろう。

さらに思う。「台風一過」は「一件落着」と似ているようで違う。決定的に違う。台風による被害は、町に残る。土砂崩れや建物の倒壊、インフラの寸断のような、いわば町のかたちを変えてしまうような大きな被害から、遠目には目立たない、規模としては小さな——けれど当事者にとっては深刻きわまりない被害まで、台風とともに消え去ってくれるわけではないのだ。

台風一過の青空の下、途方に暮れる人たちがいる。人びとは台風が町を襲ったときだけ被災したのではない。暮らしが元通りになるまで、被災者としての苦難の日々、不自由な生活は続く。そう考えると、「台風一過」は、厄災の終わりではなく、被災生活の始まりを意味する言葉になってしまう。台風が去って胸を撫で下ろす安堵の言葉ではなく、これからの困難な日々を乗り越えていかなくてはならない悲壮な決意の言葉にもなってしまうだろう。

台風が過ぎ去った町に、やがて報道陣が大挙して訪れる。カメラやマイクはまず、大きな爪痕を探す。亡くなった犠牲者の人となりを悲しみのBGMとともに伝え、崩れた崖や壊れた家屋をヘリコプターで空撮して、ボランティアで炊き出しをする著名人と避難所にいる人たちとの交流を紹介する。長居はしない。次の台風が、また別の町に迫りつつあるからだ。

台風が去り、報道陣が去った町で、人びとはなにを思い、どんな日々を送っているのか。

2018年11月5日、関西国際空港からほど近い大阪府高石市を訪ねた。

死者14人・負傷者954人を出すなど、近畿地方を中心に大きな被害をもたらした台風21号が、徳島県南部に上陸したのは9月4日のことだった（同日に兵庫県神戸市付近に再上陸）。あれから2ヶ月、全国版の新聞やテレビでは、もうほとんど台風のニュースが報じられることはない。

だが、台風一過のあとの長い被災の日々は、まだ続いていた。インタビューに応じていただいた松本祐樹さんの自家用車は、台風で窓ガラスが割れてしまい、2ヶ月たったいまもなお、修理が終わっていないのだ。

＊

「最初は車を買ったトヨタのディーラーさんに相談したんですが、とても修理の手配が追いつかない状況でした。当時、僕が聞いた話では、トヨタのディーラーさんのほうには、台風で車の窓ガラスが割れた案件だけでも、約3000台の修理依頼が来たそうです」

ディーラーの担当者に「よそで直せるところがあるなら、そっちのほうが早いですよ」とアドバイスされた松本さんは、知り合いの修理工場に頼んだのだが——。

「まだ、あと1ヶ月ぐらいはかかりそうです」

松本さんは苦笑する。「手元に車が戻ってくるまでを計算したら、1ヶ月半ぐらいですかね」

その言葉を聞いたとき、不意打ちを食ったような気分だった。台風一過直後の報道で、多数の自動車に窓ガラスが割れるなどの被害が出ていることは知っていた。だが、その「多数」を修理するためにどれほどの人手や交換の部材が必要で、どれだけの日数がかかるのか、恥ずかしながら、僕は一度も想像したことがなかったのだ。

台風21号の被害を数字で語ってみようか。

大阪府で全壊した住家は12棟、半壊が155棟、一部破損は4万2735棟(10月2日現在)。全壊や半壊は、報道の目が届く「大きな被害」だった。新聞に写真が載った全壊家屋もあったはずだし、テレビのリポーターが半壊家屋の前から被害状況を伝える場面もあっただろう。我が家を失った人たちの悲しみや無念、今後の現実的な苦労については、報道の受け手にも、ある程度の想像力は働く——なにしろ、「平成」の時代は災害の連続だったのだから。

一方、屋根瓦が飛ばされたり窓ガラスが割れたりという一部破損については「4万2735棟」という数字しか伝えられない。「そこまでたくさんの家屋が被害を受けたのか」という、台風のすさまじさを示す物差しのような扱いだった。台風一過直後には、そんな「小さな被害」をクローズアップした報道はほとんどなかったし、ニュースを見聞きする側も「小さな被害を受けた被災者」に思いを馳せることがあったかどうか。

だが、たとえ瓦一枚でも飛んでしまったら、少しでも早く屋根を修繕しなくてはいけない。修繕の手筈が整わなければ、とりあえず応急処置でブルーシートを張らなければならない。割れてしまった窓ガラスは急いで取り替えないと、室内が雨風にさらされるし、不用心でもあるし、なにより危険だ。では、4万2735棟すべての修繕や交換を終えるには、いったいいつまでかかるのだろう……。

＊

打ち明けておこう。

じつは、高石市を訪れる前にも、僕は不意打ちを食らってしまっていたのだ。

その日の朝、僕は大阪城公園を歩いていた。

豊臣秀吉ゆかりの大阪城天守閣を中核とする大阪城公園も、台風21号によって甚大な被害を受けた。園内の樹木約2万7000本の1割にあたる約2700本が、根こそぎ倒れたり、太い枝が途中から折れたりしてしまったのだ。

その数は、僕も報道を通じて知っていたが、2ヶ月後のいまの公園がどうなっているのか、全国版の新聞やテレビはほとんど伝えてくれていない。インターネットで検索すれば情報を得られるだろうか。しかし、「知りたいことは自分で検索してください」ですませるのなら、マスコミの存在意義など、どこにある？

公園を歩いてみた。台風上陸から2ヶ月たって、メイン園路や商業施設は元通りになっている。台風の直後は、関西国際空港の連絡橋がタンカーの衝突によって損壊したこともあって、アジアからの観光客が激減していたが、客足はだいぶ回復してきたように見える。ただし、園路の周辺には伐採された樹木がうずたかく積み上げられている。メイン園路からはずれた市民の森や記念樹の森、太陽の広場周辺などは、まだ手をつけられないありさまで、幹に裂け目が入ったり枝が折れたりしたままの危険木も多いために立入禁止の措置が続いているという。

少し想像を働かせればわかることなのだ、これも。「2700本」という数の多さだけでなく、そこに一本ずつの樹木の大きさをも加えなければならなかったのだ。

折れた枝を伐るだけでも、庭木の剪定とはレベルが違う。脚立に乗って高枝切り鋏で……ではすまない。高所作業車が必要になる。だが、記録的な「風台風」となったこのたびの台風では、大阪・御堂筋のイチョウ並木が81本も倒木や幹の折損などの被害を受けたり、京都府八幡市では淀川河川公園の桜並木で200本以上枝が折れたりした。高所作業車は各地から引っ張りだこの状況で、大阪のシンボルともいうべき存在の大阪城公園でさえ、数台を確保するのが精一杯だったのだ。

さらに、伐った樹木を、どうやって搬出するか。クレーンで吊り上げ、大型トラックに載せる、その機材や車輌もまた、他の被災地との争奪戦である。伐ったら、さっさと邪魔にならないところに動かす、というわけにはいかないのだ。

さらに、さらに、とりあえず公園内の何ヶ所かに集積するところまではできても、最終的に、どうやって運び出して、どこに持って行って、どう処分すればいいのか……。

東日本大震災のときの報道を思いだす。「瓦礫の処分」や「汚染水の処分」「除染作業で発生した土壌の処分」をめぐる報道は、決まって、政治案件――中央のゴリ押しと地方のエゴの衝突という構図で報じられてきた。そこにはニュース映えする人間ドラマはない。「泣けないニュース」「感動できないニュース」の代表格だった。

だから僕たちは、「瓦礫（汚染水、除染で発生した土壌）の行き先をめぐってぶつかり合う人たち」の姿はうんざりするほど見せられても、「瓦礫（汚染水、除染で発生した土壌）」そのものをしっかりと、正面から見つめることはなかった。

しかし、いまの大阪城公園では、伐られた枝、もっと太い幹が、積み上げられたまま、僕の目の前にある。どうしようもなく、ここにある。そこには、大仰なレポーターの報告も、感情を煽り立てるBGMも、ひときわ大きな見出しの文字もない。高所作業車のバケットに乗った作業員がチェーンソーで伐って、地面に落ちて、集められ、積み上げられた、幹や枝が、ただここにあるだけ――その、しんとした静けさが、身も蓋もない、だからこそ粛然として受け止めるしかない被災地の現実なのだ。

大阪城公園を管理する大阪城パークマネジメント株式会社から、11月2日現在の復旧状況の資料をもらった。よけいな注釈なり解釈なり感想なりは添えずに、そのまま紹介しておく。以下、項目と復旧状況のパーセンテージである。

○メイン園路通行可能——100パーセント
○商業施設周辺の撤去、営業可能に——100パーセント
○園路周辺の枝折れ等危険木の切除、その場に集積——70パーセント
○広場の枝折れ等危険木の切除、その場に集積——60パーセント
○森など緑地帯の枝折れ等危険木の切除、その場に集積——20パーセント
○散在した樹木残材の集積——30パーセント
○集積した樹木残材の持ち出し、処分（枝葉、幹、根株）——0パーセント

＊

松本さんにお目にかかった2週間後の11月19日に、日本損害保険協会は、11月5日現在での、台風21号にかかわる各種損害保険の支払件数・支払保険金を発表した。

それによると、大阪府で車両保険の事故受付をしたのは6万4611台——全国合計が10万8928台だから、約6割を大阪府が占めているのだ。火災保険の受付件数は32万407

8件で、こちらは全国合計69万4310件の半分近くになる。

参考までに、風水害などによる支払保険金額で過去最も多かったのは、1991年の台風19号によるもので、火災保険や自動車保険、海上保険などを合わせて5680億円だったのだが、今回の台風21号の支払保険金額は5851億3253000円。支払保険金額で見るかぎり、過去最悪の被害をもたらした風水害だったのだ。

そんな数字の大きさやランキングは、確かにニュースで扱うと耳目をひく。

だが、数字だけを見てしまうと、「ひと」の姿が消えてしまう。

「6万4611台」もの車両保険の事故受付があったというのは、すなわち「6万4611台」の自動車を使っていた人たちの日常生活が奪われてしまったことなのだ。火災保険が受け付けた「32万4078件」を処理するには、保険会社のスタッフは、いったいどれほどの仕事量を強いられているだろう。しかし、処理が遅れると、そのぶん、被災者が元の生活を取り戻す日が遅れてしまう……。

保険会社のスタッフは、厳密な定義で言えば「被災者」ではない。だが、彼らや彼女たちもまた、休日を削られ、連日の残業を強いられ、身も心も磨り減らしているはずではないか。東日本大震災でも、熊本地震でも、阪神・淡路大震災でも、身体的・精神的に追い詰められて、病んでしまったり、職を続けられなくなったり、さらには自ら死を選んでしまった行政の職員や民間のスタッフ、いわば「被災者にカウントされない被災者」はいた。間違いなく、いた。しかし、そんな彼らや彼女たちの存在は、最も悲しい、あってはならない結末――「悲劇の主役」になってしまわないかぎり、なかなか報じられることはないのだ。

＊

なぜ、高石市の松本祐樹さんにお話をうかがいたかったのか――。

松本さんは、あの日、愛車を関西国際空港の駐車場に駐めていて、窓ガラスが割れる被害に遭った。

では、なぜ、関西国際空港に車を駐めていたのか――。

台風が上陸した9月4日、松本さんは宮城県石巻市にいた。関西国際空港から仙台国際空港をへて、石巻に入ったのだ。

「ちょうど石巻で子どもたちのためのイベントがあったんです」

なぜ、石巻に――？

じつは、松本さんは、東日本大震災の被災者――特に石巻市の在宅被災者への支援活動をおこなう一般社団法人『ＢＩＧ ＵＰ石巻』の専務理事を務めている。東日本大震災の発災後、ボランティアで石巻市に入り、さまざまな支援活動を経験したのちに、仲間たちと『BIG UP石巻』を起ち上げたのだ。

その後も、活動は東日本大震災の被災地にとどまらず、熊本地震のときには屋根のブルーシート張りをおこない、いまは2018年6月に起きた大阪府北部地震の被災地も支援している。

現場の最前線に立つ松本さんは、被災地をめぐるマスコミの報道の、いいところも悪いところも肌で感じている。だからこそ、「災害報道はどうあるべきか」を、取材される当事者として語ってもらいたかったのだ。

不躾なリクエストに、松本さんはとても誠実に、率直に語ってくださった。

たとえば、ご自身へのインタビューで、日を変えておこなった取材が一本のVTRにつなげられてしまうことで、発言が本意ではない形で報じられたこともあったらしい。

「ボランティアがこんなにがんばっている」という文脈でコーナーをつくろうとするマスコミに対しても、松本さんは「それよりも、いま現地では何が必要で、どんなことに困っているんだというのを報道してもらったほうがいいと思うんですよね」と静かな異議申し立てをする。「僕たちはべつに褒めてもらいたくてボランティアに来たわけじゃないんですから、もっと伝えるべきものはあるんじゃないですか？」――まったくもって、そのとおり。

マスコミの端くれである僕は、松本さんの発言の一つひとつに恐縮し、居たたまれない思いにもなって、「でも、マスコミがこうやって被災地のことを伝えてくれるのは、ほんとうにありがたいと思っています」という一言に、掛け値なしに心底救われた気持ちだった。

だが、それ以上に、三たび目の不意打ちを食らったことがある。今度のヤツが最も痛い。胸の奥の一番深いところに、グサッと刺さった。

松本さんは、このたびの台風で、高石市でも屋根瓦が飛ばされた被害が少なくなかったことを告げて、こう言った。

「その前の地震で、もともと少し動いていた、浮いていた瓦が、台風の風で、ドンッと飛んじゃったのもあると思います」

その前の地震――すなわち、6月18日に起きた大阪府北部地震である。被害が大きかったのは大阪府の「北部」であり、高石市は「南部」。だからといって決して無縁ではない。地震のときの高石市の震度は3。市内の人的・物的被害は、大阪府防災・危機管理指令部の発表ではゼロになっている。けれど、「いまはかろうじてだいじょうぶだが、次になにかあったら危ないぞ」という状態の被害は、その時点では「被害」とは呼ばれないからこそ、一人ひとりの想像力、慮る力以外に、思いを寄せるすべはないのだ。

たとえば、東日本大震災で発生した津波は、三陸地方だけを襲ったわけではない。太平洋の反対側のアメリカ合衆国カリフォルニア州でも、津波に5人が攫われ、うち1人が亡くなった。チリでは200人近くが住家を失い、インドネシアでは1人が亡くなり、5人が行方不明。この人たちは、東日本大震災の「被災者」「犠牲者」ではないのだろうか……。

松本さんの言葉で、あらためて思い知らされた。大阪府北部地震で最もニュースで採りあげられたのは、ブロック塀の倒壊で亡くなった小学生の女の子だった。もちろん、その悲劇は決して無視できるはずがないし、亡くなった少女への哀惜の念は胸に深く刻みたい。しかし、その一方で、屋根瓦が落ちた程度の「小さな被害」は、どこまで詳細に報じられていたのだろう。瓦が落ちていなくても、浮き上がった状態の「被害にならない被害」へのまなざしは、誰が持っていただろう。地震の半月後、西日本を中心とする豪雨が起きた。報道陣はなだれを打って、そちらに向かった。そして、「小さな被害」は忘れられ、語られなくなったのだ。

高石市の取材後、新幹線で帰京した。新大阪駅から京都駅の間――大阪府北部地震で特に被害が大きかったエリアでは、車窓から眺める風景に青が目立つ。ブルーシートを張った住家が、あらためて考えるとびっくりするほどたくさん残っていた。そのすべての家で屋根の修繕が終わるのは、いったいいつになるのだろう。「小さな被害を受けた被災者」のことは、もう、マスコミの報道で語られることはないのだろうか……。

＊

エピローグ風に言っておく。

大阪府をはじめとする近畿地方に大きな被害をもたらした台風21号は、もちろん、台風一過のあとも消えてなくなったわけではない。

9月5日の朝にかけて台風が西海上を通過した北海道では、建物の損壊が326棟にのぼった。道内19ヶ所で電柱の倒壊が確認され、北海道電力によると、5日の13時5分時点で2万7000戸が停電していた。

けれど、それらの被害は、数字という「記録」こそ残されても、人びとの「記憶」には、ほとんど刻まれることはなかった。

なぜなら、翌6日の未明に北海道胆振東部地震が発生して、ニュースの主役はそちらに移ってしまったから――。

第十章

あの冬、凍えた校舎で

阪神・淡路大震災の7年後、2002年にNHKのドキュメンタリーで神戸を取材した。街はすっかり復興していたが、裏通りには小さな時間貸し駐車場がたくさんあった。「帰ってこなかった人のウチがあった跡だよ」と地元の人が教えてくれた。そのことを思いだしながら、2018年晩秋の神戸を歩いた。

ああ、あの震災は「火」だったんだな、と報道写真集と新聞の縮刷版をめくりながら、あらためて嚙みしめた。

１９９５年1月17日に発生した阪神・淡路大震災のことである。

国内史上初めて震度7を観測した直下型地震は、関連死を含めて６４３４人の命を奪い、全壊・半壊家屋は兵庫県だけで24万戸を超えた。統計の項目に「流失家屋」がないところが、津波という「水」が街を呑み込んだ東日本大震災との違いなのだろう。

一方で、兵庫県の全焼家屋は７０００戸超に及び、発災翌日の1月18日付け朝日新聞号外には〈焼失、１００万平方メートルを超す〉との見出しもある。兵庫県の発表では、県内の焼死者は４０３人（「焼死」の定義の違いによって各自治体の数字には差がある）。やはり、「火」の震災だったのだ。神戸の街のあちこちから立ちのぼる黒煙と炎、そして一面に広がる焼け野原——太平洋戦争中の神戸空襲の記憶と重ね合わせる高齢の被災者が多かったのは、戦後50年という節目の年に起きた厄災であることを象徴しているだろうか。

また、阪神・淡路大震災は「崩れる」震災でもあった。阪神高速道路の高架部分が６３５メートルにわたって横倒しになった光景や、崩落した高速道路のぎりぎりのところで停まって転落を免れたスキーバスの姿を報道で目にしたときの衝撃は、24年たったいまも忘れられない。さらに早朝の5時46分に発生したこともあって、多くの人は就寝中だった。そこに激しい揺れが襲い、家具や家屋そのものが崩れ落ちてきて……逃げるいとまもない。ＮＨＫの取材によると、地震から1時間以内に死亡した３８４２人のうち9割が、窒息死や圧死などの圧迫死だったという。

火災や倒壊で住む家をなくした人びとは、着の身着のままで、学校や公共施設に身を寄せた。神戸市だけで、ピークだった1月24日には23万６８９９人が避難している。当時の神戸市の人口は１４２万３７９２人（国勢調査による）だから、市民の６、７人に１人という計算である。

市内の避難所数は、最も多かった1月26日で５９９ヶ所にも及ぶ。当時の避難所の写真を見ると、仕切りの段ボールすらない状態で、誰もが服を着込み、毛布や布団をすっぽりかぶって暖を取りながら、途方に暮れた表情で虚空を見つめている。校庭に張ったテントの下で数家族が雨露をしのいでいる記事もあったし、遺体安置所と避難所が仕切り板一枚で同じ体育館に設けられたという例まであった。

朝日新聞大阪本社版の見出しにも、状況の厳しさを伝える重い言葉が頻出していた。〈大都市もろさ露呈〉〈生活の基盤が壊滅〉〈流通網寸断　傷跡深く…〉〈まるで地獄絵〉〈悲痛次々に遺体〉〈救援求め　列・列・列…〉〈飲み水　食料　不足深刻〉〈食料・毛布足りない〉〈十分に届かぬ救援物資　避難所への道が渋滞〉〈訴える被災者　トイレ流す水を　子どもにはかぜ薬を〉……。

そんななか、ある避難所で小さな希望の灯がともったことを、1月24日付けの朝日新聞のコラム『天声人語』が伝えていた。

〈神戸市中央区の避難所では、小学生から高校生までの子どもたちが「避難所新聞」を発行しているという。紙一枚に各種の情報やごみの捨て方などの注意を印刷し、教室や校庭で暮らしている住民に、朝食と一緒に配る▼子どもたちには活力がある。まかせれば、すばらしい創造力と体力を発揮して、人が驚くような仕事をする。管理も決まりもない混乱の中では、かえって子どもたちの潜在的な能力は刺激される〉

文中にある〈高校生〉とは——『避難所新聞』の編集長を務める泉井早苗さん。当時高校一年生だった彼女は、結婚して中嶋早苗さんになり、24年後のいま、小学校の教師として、震災を知らない子どもたちと向き合っている。

「もともと将来は小学校の先生になるのが夢だったんですが、震災後の避難所生活で、その思いがいっそう強くなりました」

中嶋さんは、子どもたちの絵や作文が貼られた教室で、あの頃を振り返ってくれた。無理をお願いして、勤務校である神戸市立なぎさ小学校でのインタビューに応じていただいたのだ。

中嶋さんは、多くの被災者がそうだったように、就寝中に地震に襲われた。

「ジェットコースターに乗ってる夢を見てるんじゃないかという感じで、一瞬すとんと下に落ちて、それから激しく揺れはじめたんです。なにがなんだかわからない状態でした。でも、体はまだそのときの揺れを覚えていて、いまも震度1ぐらいの揺れでも、体が硬直してしまいます」

自宅は市営住宅の10階だった。祖父母と両親と4人姉弟の家族8人は無事だったが、建物は半壊。食器棚や学習机も倒れてしまった。家族とともに階段を駆け下りて公園に避難すると、近くのビルが倒れて、炎がたちのぼっているのが見えた。地震と火災という想像すらしていなかった事態に、かえって感情が麻痺して、現実感が喪われてしまい、「なんやろ？これ、いったいなんやろ……」と思っていたことだけが記憶に残っているという。

朝になって、自宅のすぐ近所にある神戸市立小野柄《おのえ》小学校に家族そろって避難した。

小さな学校に2000人あまりが避難して、校内は混乱をきわめていた。救援物資が届くたびに人びとが押し寄せ、ごった返して、怒号も飛び交う。問い合わせの電話もひっきりなしに鳴る。情報がない。物資も足りない。なにより避難した人びとは、我が家をなくしているのだ。さらには家族をも喪っている人も、いる。

混乱をきわめる避難所で、おとなたちは必ずしも皆が皆、冷静でいられたわけではなかった。

あえて中嶋さんに「おとなの嫌な部分を目の当たりにしてしまったときもあったのでは？」と訊いた。

不躾な質問に、中嶋さんは苦笑交じりに小さくうなずいて答えてくれた。

「小学校の先生方は、ご自分のウチのこともあったはずなのに、夜遅くまで避難所に残っていたり、泊まり込んだりしていただいたんです。でも、そんな先生方が救援物資を配っていると、我先にもらおうとする人もいましたし、『一人一つです』と言っても、何度も並んで取りに来られる人もいらっしゃいました。先生方に罵声が飛んだり、小さな子が泣き叫んだり……」

＊

中嶋さんが語った避難所の光景は、新聞の縮刷版や報道写真集でも、繰り返し伝えられていた。

水や食料の配給に並ぶ人たちの長い長い行列を、上空から撮った写真があった。地に立って一人ひとりの表情を写した写真もあった。

1995年である。被災地の大半は都市部である。バブル景気はすでにはじけていたものの、おとなたちは戦後の経済発展と、その後の爛熟した消費社会の華やぎを、自明のものとして享受していた。それが、バケツ一杯の水を得るために、冷えたおにぎり一つを得るために、何時間も行列に並ぶのだ。誰もが呆然としていた。心身ともに疲れ切った顔でもあったし、やり場のない怒りをたたえた表情でもあった。

ある報道写真集には、路上にしゃがみ込んで、壊れた水道管から噴き出す水を鍋で受ける人たちが写っていた。別の写真集には、給水の順番を待ちきれず、給水車のホースの途中で漏れている水を集めている人たちの姿もあった。屋内の避難所が満杯だったのだろう、グラウンドの地面に布団を敷いて、掛け布団にすっぽりとくるまって救援物資のおにぎりにかぶりつく人もいた。リュックを背負い、再開の目処などすぐには立ちそうもない線路の上を歩いて、被害が比較的少なかった大阪方面に買い出しに出かける人たちは、うつむいて、いかにも重たげな足取りで歩いていたのだった。

繰り返す。1995年は、太平洋戦争が終わってから50年の節目だった。「戦後」の繁栄とはなんだったのか。「平和ボケ」と揶揄されながらも人びとが守りつづけた日々のささやかな幸せとは、たった一度の激しい地震であっけなく崩壊してしまうほど、もろいものだったのか……。

震災発生からちょうど1ヶ月後の2月17日付け朝日新聞社説には、こんな一節があった。〈わが国では、高度成長のあと、自分の生活程度を中流と答える人が多数を占めるようになった。いわゆる「一億総中流」である。しかし実のところ、その中流意識を支える生活の実態は、決して堅固なものではなかった。被災地の高架橋やビルのように、中流だったはずの生活もまた、いつ崩壊するかわからないのである〉

確かにそのとおりだと、僕も思う。

だからこそ、「じゃあ……」とコラムの書き手に、敬意を持って問い返したい。

じゃあ、「一億総中流」の幻想すら成り立たなくなって、「格差社会」「無縁社会」が取り沙汰されるようになった2011年に起きた東日本大震災は、〈中流だったはずの〉という エクスキューズのない、剝き出しの、飾り気なしの、身も蓋もない「生活は、いつ崩壊するかわからない」という諦念を、僕たちに教えてくれたのでしょうか。

そこに1991年3月に始まったとされるバブル崩壊と、2008年のリーマン・ショックを加えると――個人的には、底の抜けたような2019年2月現在の政治や行政のありさままで足させてもらいたいのですが、畢竟、「平成」という時代は、終戦／敗戦以降の「昭和」の奮闘を打ち消すためにあった30年だった、としか言いようがないのでしょうか……？

寄り道が過ぎた。

本題に戻る。

阪神・淡路大震災が発災した直後の新聞には、やりきれないエピソードがいくつも載っている。

たとえば――。

大阪のあるスーパーマーケットでは、被災地から買い出しに来る客が少なくないことに気づき、都市ガスが停まったままの被災地では重宝するだろうと考えて、カセットガスコンロを破格の安さで特売することにした。ところが、売り出し当日、競って買い求めたのは、被災地から来た人たちではなかった。買い占めも多かった。リュックを背負った人たちがお店に着いたときには、せっかくの善意の特売だったガスコンロは完売してしまっていた。

被災地との交通インフラを確保するために、幹線道路では通行証を持つ車を優先して通すことにしていた。最初はごく簡単に印刷しただけだったのだが、偽造が相次いだために、特殊な印刷の通行証に切り替えざるをえなかった。

被災地周辺の都市では、自宅をなくした被災者の需要を見越して、賃貸マンションの家賃や敷金・礼金・保証金の類が、一斉に値上がりした。

「救援物資がなくなるらしい」「もっと大きな地震が1月某日に来るらしい」というデマが流れ、関係機関は問い合わせの電話への応対に追われて、通常の業務にも支障をきたすほどだった。

　そして、こんな話も、朝日新聞の記事にあった。兵庫県西宮市の避難所で24時間を過ごした記者のルポである。

　発災3日目、1月19日の朝のルポは、こうだ。

〈7時30分　おにぎりの「配給」を告げるアナウンスで目覚めた。こぶし大のが、ひとり一個。冷えた米粒がぽろぽろと落ちる〉

　避難所にいた59歳の女性は、その朝、震災発生から初めて顔を洗った。ペットボトルの水2リットルを、近所の12家族で分け合い、タオルに少しずつ浸したのだという。

　9時30分、避難所の体育館に隣接するグラウンドに仮設トイレが13台設置された。記者が〈やっと〉と書いていることからすると、それまでは校舎内のトイレしか使えなかったのだろうか。〈「トイレ設置」のアナウンスを聞いて、すぐに男性が駆け出した〉――待ちに待っていたのだろう。ずっと我慢していたのかもしれない。「でもさ、最初は子どもやお年寄りに譲ってあげようよ」と言いたくなるのは、避難所生活を知らない人間の、甘っちょろい正論にすぎないのだろう、きっと。

それでも、同じ記事には、こんなエピソードも紹介されていた。10時過ぎのことである。〈体育館の入り口に「なにわ」ナンバーのワゴン車が乗り付けた。夫婦と小中学生の子ども三人の五人家族が、温かい握りめしとカップめんを売り始めた〉

ボランティアの炊き出しではない。商売なのだ。

記事はさらに、こう続く。

〈こぶし大の温かいおにぎり六個が千五百円。カップめんは三百五十円。行列から「高い」とつぶやきが漏れたが、三十分ほどで売り切れてしまった。避難者は温かい食べ物に飢えている〉

飽食の時代、グルメの時代に、〈飢えている〉という言葉が出た。取材記者はあまりにもハードでシビアな取材にテンションが上がっていただろうし、原稿をチェックする上司も疲労困憊で、記事中の言葉を吟味する余力はなかったのか、それとも逆に、この言葉こそ大事なんだ、という覚悟のもとで、GOサインを出したのか。

いずれにしても、戦後50年の節目に、〈飢え〉という言葉が全国紙に出た。その意味は、やはり(当時は震災のストレートニュースのインパクトに紛れてしまってはいても)大きく、重く、深い。すごろくで言うなら「ふりだしに戻る」の枡に止まってしまったようなもの――やはり、この震災は、空襲と重なり合ってしまうのか。

それにしても、おにぎりとカップめんを売りに避難所まで来た家族は、いったいなんだったのだろう。

もちろん、商売を考えれば、需要と供給のバランスからして〈おにぎり六個が千五百円。カップめんは三百五十円〉という値付けは、決して否定できない。「足元を見る」のは商売の基本中の基本である。これが、どこかの業者さんや商店——すなわちビジネスの論理で生きている／生きざるをえない人たちの所為なら、僕も理解する（賛同も共感もしないけどね）。でもなあ……と、思うのだ。親のセコさに子どもたちまで巻き込まないでほしいよなあ、とも言いたいのだ。

ここからは、フィクションの物語をつくっている人間の妄想である。

3人の子どもを連れて避難所で商売をした両親は、ニュースで「神戸の避難所の人びとは温かい食べ物を求めている」というのを知って、じゃあ、おにぎりを持って行けば少々の強気な値付けでも売れるぞ、と思いついたのだろう。

子どもたちにも手伝わせれば、もっとたくさん、もっと早く売りさばけると考えて、家族総出の商売にしたのだろう。

だとすれば、なんとさもしい発想なのか。あさましい行動なのか。避難所の人びとに対してだけでなく、あなたたち両親は、自分の子どもにもひどいことをしてしまったのではないか？　小学生や中学生の子どもに、あこぎな商売の片棒を担がせないでくれ。定価の倍以上の値段のカップめんを、理不尽だと感じながらも、やむなく、悔しさを押し殺して買い求めた人びとの姿を、そして一儲けしてほくそ笑む両親の顔を、あなたたちは、我が子に見せつけてしまったんだぞ……。

またもや長い寄り道をしてしまった。

いま紹介したのは、西宮市の避難所の話――神戸の小野柄小学校ではない。けれど、どこの避難所でも、似たようなことはあったはずだ。もちろん、小野柄小学校でも。

そんな状況下で、中嶋早苗さんたちは『避難所新聞』を発行したのだ。

＊

『避難所新聞』の第1号は、震災発生から4日目の1月20日に発行された。学校の先生方によるワープロでのプリントである。

発行までの経緯を、順番は後先になってしまうが、7月31日付けで小野柄小学校の福永修治校長がこんなふうに書いている。ワープロの明らかな変換ミスは改めたうえで引用しておく。

〈だれもが経験のない避難所での生活がスタートしました。／食事や水にも不自由し、その上寒さにも耐えなければならなかった初日。わずかな食事や水が届いた2日目には、それらを奪い合うような大混乱。ラジオ・テレビも使えず、情報は入らず不安が増すばかり。／そんな中で、避難所の秩序を保ち、お互いに助け合ってくらしていくために組織づくりが始まり、必要な情報を提供しようと発行されたのがこの新聞です〉

第1号の新聞には、救援物資の配布のルールやトイレの使い方などが載っている。特にトイレについては、よほど汚れがひどかったのだろう、手書きの追記もあった。〈昨夜は中高生が中心になってプールの水できれいにしてくれました〉――避難所生活3日目の時点で、子どもたちはすでに「戦力」になっていたのだ。

「わたしも避難所に来た当日の夜は、電話番を手伝いました」と中嶋さんは言った。「あと、トイレの水のバケツリレーも、最初は小中学生が中心でしたね。おとなの人は、避難所で寝てるだけ、という状態でした」

それが少しずつ変わりはじめたのは、『避難所新聞』が第3号から子どもたちの手で発行されるようになったことが大きかった。

「母がＰＴＡの役員をやっていたこともあって、先生方はわたしの将来の夢が小学校の先生だというのを知ってらしたんです。それで、『小さな子どもたちが手持ちぶさたにしてるから、お姉ちゃん、小学生を集めて、なにかできへん？　将来の役に立つよ』と言われて、新聞づくりを引き継ぐことになったんです」

中嶋さんが編集長を務め、職員室の一角に編集室も設けてもらった。取材記者は約20人の小中学生。新聞の文字も、ワープロから子どもたちの手書きに変わった。

1月22日付けの第3号――中嶋さんたちが手がけた記念すべき最初の号の冒頭には、編集室からのメッセージが掲げられている。

〈新聞が先生から私たち、小・中学生に変わりました。一生懸命書きますので、私たちが、声をかけたらお話を聞かせて下さい〉

もちろん手書き。罫や枡目のないB4用紙に書くのだから、字の大きさはまちまちだし、途中で曲がっている行もある。だが、間違いなく、丁寧に、心を込めて、メッセージにあるとおり一生懸命に書いているのがわかる。辞書を見ながら書いたからなのだろうか、「懸命」の文字がひときわ大きい。いや、それは、「がんばるぞ！」という決意の大きさのあらわれだったのかもしれない。

新聞は、新学期の始まる4月9日まで毎日発行された。夕方になると取材をして記事を集め、1枚の用紙の中での割り付けを決めて書き込み、それを印刷して、翌朝に配って歩く。

すべて子どもたちがやった。

「最初の頃は、新聞を一人ずつ手渡ししていました。小さな子が渡すので、皆さん『ありがとう』と喜んでくださるんです。『がんばってるね』と褒めてもらうと、子どもたちもうれしいんですよ」

僕も新聞を見せてもらった。

〈お風呂で使用したカミソリはかならずもってかえってください〉〈流しがつまるので、残飯を絶対に流しに流さないで下さい〉〈今日のメニューは、玉ねぎとコーンビーフとじゃがいものバターいためとおかゆとほうれん草のおひたしです〉〈もっと1人1人が感謝の気持ちを言葉であらわしましょう。希望をもってほしい〉〈おふろの入れる日。女性はぐうすう日、男性はきすう日〉〈校内の水道が出るようになりました。でも、南がわの2階と3階の間の水道は水が出ません。＊ぜったいに飲まないで下さい〉〈毎週土曜日にサラダの配給をしています〉〈2月21日火にクリームシチューの配給があります〉〈お知らせ　3月12日10時30分から「ミニコンサート」図書室であります。美空ひばりビデオも図書室であります。みなさんぜひ来てください〉

効率を考えるなら、ワープロで書いたほうがより多くの情報を伝えられるだろう。だが、子どもたちの手書きの文字からは、声が聞こえる。イラストだってついている。節水を呼びかける記事に添えられたイラストは、水滴をイメージした、いまでいう「ゆるキャラ」だった。その水のしずくが、悲しそうな顔をして〈地震当日も水には困りませんでしたか？〉と訴えるのだ。おとなに注意されたら逆に反発してしまう依怙地な人でも、これなら……。

そんなふうに子どもたちに励まされ、時には注意されたりハッパをかけられたりしながら、おとなたちも変わっていった。

「わたしたちが廊下のゴミを拾い集めていると、おじいちゃんおばあちゃんたちが率先して手伝ってくれたり、バケツリレーでもだんだん地域の方々と連携してやっていけるようになっていきました」

4月9日に新学期が始まってからは、新聞の発行は週に一度になった。発災から3ヶ月、4ヶ月……自宅に戻ったり仮設住宅に移り住んだりして、避難所生活を送る人も減ってきた。

1月の頃は1000部だった新聞の発行部数も、7月頃には100部になった。読者がいなくなる——この特別な新聞にかぎっては、それは喜ぶべき事態なのだ。

中嶋さんも市営住宅の我が家に戻った。

だが、避難所生活を切り上げたあとも、毎週小学校に通って、新聞の編集長の仕事を続けた。やめたくなかった。小学生の子どもたちと一緒にわいわいやりながら新聞をつくるのが楽しくてしかたなかったのだ。

「いま教師になって、教師の目線で振り返ると、ほんとうにみんなよくがんばったなあ、って……。日々つらいこともあったと思うんですけど、それを見せずに、みんなで楽しみながら新聞をつくったんですよ」

編集室の子どもたちも、一人また一人と避難所からひきあげていく。地震から半年、7月になると、編集室に残っているのは4年生の滝沢沙織さんだけになった。

それはつまり、自宅に戻れず仮設住宅にも入れない状況が、誰よりも長く続いたということになる。

「すごくつらい思いをしてるんです、沙織ちゃんは。友だちは家から学校に登校してるのに、あの子だけは教室から登校するんです。学校で寝なければいけないというのは、ほんとうにつらいことだと思います。でも、がんばって、たった一人になっても、わたしと一緒に新聞をつくってくれたんです」

沙織さんに対しては、校長先生も前出の文章の中でエールを贈っていた。〈不自由な教室での避難所生活を半年以上も続け、夕方の放送とともに、一人になっても新聞づくりに励んだ滝沢沙織さんのがんばりには、いくら誉めても誉め足りないくらいです〉

7月29日、『避難所新聞』の第86号——最終号が発行された。沙織さんは紙面で、こんな感想を書いていた。読点を適宜補って引用する。

〈さいしょはむずかしいと思っていたけど、なれてきたらとても楽しくなってきました。しんぶんをくばっていて「ありがとう」とかいわれるのがうれしくて、その時はしんぶんをつくっていてよかったなあと思いました〉

2日後の7月31日、小野柄小学校の避難所は閉鎖された。

4万8300戸に及ぶ仮設住宅の建設が完了したのは、約10日後の8月11日のことだった。仮設住宅での孤独な生活や孤立死の問題には、まだ、その時点ではほとんどの人が気づいていない。

『避難所新聞』には、人びとのつながりをつくる大きなヒントが、確かに、間違いなくあったはずなのだが——それを、後出しジャンケンまがいに2019年のいま言っても、詮ないだけだろうか。

いや、だからこそ、次の世代へと語り継いでいかなくてはならない。

『避難所新聞』のことは、神戸市の防災教育の副読本でも紹介されているし、中嶋さん自身、『避難所新聞』を4年生の授業に使って、震災の記憶を子どもたちに伝えている。

「わたしが教師を目指したのは、小学5年生・6年生時代の担任の先生の影響がすごく大きくて、その先生が『先生になるんやったら、震災のことや新聞のことを語らなあかんで』と言ってくださったんです。だから、子どもたちに震災の経験を伝えるというのは、わたしの中で一番大きなテーマになっています」

なぎさ小学校の開校は1998年で、学校のある地区は、神戸市東部の新都心として開発されたHAT神戸——着工は1996年。震災からの復興のシンボルとして位置付けられた街づくりプロジェクトだった。

震災の記憶を持たない土地に建つ小学校に、震災を知らない子どもたちが通う。

24年の歳月が流れたのだ。

バトンを渡された子どもたちは、ものごころついた頃からスマートフォンやSNSのある世代だ。それでも、どうか、手書きの文字の持つ力を忘れないでほしい。物書きの端くれとして、切に思う。字の上手い下手ではなく、〈一生懸命書きます〉がなによりも尊いんだということを、信じていてほしい。子どもたちは意外とおとなよりもたくましくて、しなやかで、強い。ほんとうだぞ。その見本が、『避難所新聞』なんだぞ。

最後に一つ。

中嶋さんと沙織さんは、いまもご近所同士で付き合っているのだという。中嶋さんの息子さんと沙織さんの娘さんが同じ小学校に通っているという縁もある。

「沙織ちゃんとは、いろんな話をしますよ。わたしのことを『お姉ちゃん』って呼んでくれて、子育ての相談をされたりして……」

高校生と小学生だった二人が、おとなになり、母親になった。やはり24年の歳月というのは、たいしたものなのだ。

歳月は、西宮市の避難所で両親とともにおにぎりやカップめんを売った子どもたちにも、同じように流れた。あの日のことは、いま、苦い思い出になっているだろうか。なっていてほしい。あのときはボロ儲けしたよなあ、と笑うようなおとなにはなっていない——と、祈っている。

「沙織ちゃんに避難所の頃のことを訊くと、楽しかったって言ってくれるんですよ。みんなで新聞をつくって楽しかったね、って」

中嶋さんはそう言って、顔がまんまるになるほどの満面の笑みを浮かべた。それは、子どもたちにがんばってもらった編集長が、ようやく肩の荷を下ろした笑顔だったのかもしれない。

目覚まし時計

残り五枚のところでタイムリミットになった。買い物五百円につき一枚のポイントシール——それを五十枚集めて、小さな目覚まし時計と引き換えるのを楽しみにしていたけど、もう時間がない。シールを貼る台紙の最後の五マスを残して、小学五年生のヨウコは明日、遠い町に引っ越してしまう。

「なにか買ってくるものない？」

お母さんに訊いた。

「ないってば」あきれ顔で返された。「もういいかげんにあきらめなさい」

「『マルショウ』って今度の町にもある？」

お母さんは「ないないない」と苦笑して首を横に振った。ポイントシールを発行している『マルショウ』は地元資本の小さなスーパーマーケットで、ヨウコの家が引っ越していく先は、ここから列車を乗り継いでも一日ではたどり着けない町だった。

やっぱりあきらめるしかないか、とため息をついたヨウコに、お母さんは言った。

「せっかく途中まで集めたんだから、友だちにあげれば？」

「うん……じゃあ、そうする」

一番の仲良しだったエリちゃんの家を訪ねると、中から出てきたお母さんと玄関先で出くわした。

「あらヨウコちゃん、こんにちは」

「エリちゃんいますか？」

「うん、いるわよ。でも、ごめんね、おばさんはいまから出かけなきゃいけないの」

早口に言って、「じゃあねえ」と自転車に乗って出かける。いつも元気で、明るくて、あわてんぼうなところのあるおばさんだ。

いまも、そう。さっき『マルショウ』から帰ってきた。夕食の準備にとりかかった矢先、買い忘れがあることに気づいて、大あわてでまた『マルショウ』に向かったのだという。

「だから、見てよ。ぜーんぶ出しっぱなし」

エリちゃんは、やれやれ、と苦笑してダイニングキッチンを眺め渡した。いつも片付いていない食卓が、今日はひときわ乱雑だった。買い物バッグの中身がぜんぶ出ているせいだ。「あれ？　ない？　おかしいなあ、買ったと思ってたんだけど、忘れてたのかしら……」と首をかしげながらバッグの中身を確かめるおばさんの姿が、くっきりと思い浮かぶ。

「それでね」ヨウコは言った。「なんで来たかっていうと――」

小さな手提げからポイントシールの台紙を取り出そうとして、ふと、気づいた。

食卓の上に置いた食パンや野菜や缶詰やジュースの瓶のすぐそばに、『マルショウ』のポイントシールがあった。何枚か一綴りになっている。目でそっと数えた。一枚、二枚、三枚、四枚……ぴったり五枚。

「なになに？　なんなの？　なにかプレゼントしてくれるの？」

身を乗り出して訊いてくるエリちゃんからスッと目をそらして、「違うよ」と言った。

おばさんはあわてんぼうで、うっかり屋さんで、ちょっとズボラなところがある。

だから――。

エリちゃんの家はお父さんが小さな会社を経営しているので、一度の買い物で三千円や四千円はすぐにつかってしまう。

だから――。

シール五十枚と交換できる目覚まし時計は、まるくて、小さくて、頭に昔ながらに大きなベルが付いていて、『マルショウ』のチラシで初めて見たときから気に入っていた。

だから――。

エリちゃんは不意に「あ、忘れてた」と声をあげた。「わたし、トイレ我慢してたんだ、ごめん、ちょっと行ってくるね」と小走りに部屋を出て、ダイニングキッチンにはヨウコだけ残された。

だから――。

*

「ねえ、ママ、ひょっとして……」

あの頃のヨウコと同じ小学五年生のシズカが、おそるおそる訊いた。

「シール、貼っちゃったの？」――「盗んだ」という言い方を選ばないところが、娘から母親への精一杯の気づかいなのだろう。

ヨウコは、ふふっと微笑んだ。目の前のシズカに対してというより、三十年前の自分に向けた笑顔になった。

＊

エリちゃんの家の近所の公園で、台紙にシールを貼っていった。GOALと印刷された最後のマスに五十枚目のシールを貼ると、空白はきれいに埋まった。でも、シールが隙間なく並んだ台紙は、息苦しいほど窮屈になった気がする。空白と一緒に、とても大事なものまで消されてしまったような気も。

『マルショウ』に寄って、目覚まし時計に引き換えてもらった。ウチに帰って「おばさんがシールの足りないぶんを分けてくれたんだよ」と言うと、荷造りの仕上げに忙しいお母さんは「ふうん、よかったねえ」と嘘をあっさり信じてくれた。

箱から時計を取り出した。チラシで見たときにはあれほど可愛らしかったのに、実物はそうでもなかった。デザインや色づかいは同じでも、全体的にひどく安っぽいのだ。

がっかりした。こんなもののために……と思うと、急に悲しくなって、涙がぽろぽろ流れ落ちた。

泣きやむのを自分で待ちきれずに、また外に出た。もう空は暗くなっていたけど、「すぐに帰るから」と玄関でお母さんに声をかけ、返事を聞かずにダッシュした。

海辺の道を走った。入り組んだ海岸線がつくった美しい湾の風景は、夜の闇に溶けてなにも見えない。でも、沖のほうに群れ集まっている漁船の漁火は、とてもきれいだった。ちらちらと揺れて、にじみながら光っていたから、道を走っているときもまだ涙は止まっていなかったのだろう。

シズカは母親の話に寂しそうに相槌を打って、「そこが、いまは、こうなってるってわけだよね……」と新聞記事を指差した。

あの町の昔といまを比べて、二枚の写真が並んでいる。確かに地形は同じでも、いまのあの町は、見渡すかぎり瓦礫が広がる荒れ野になっていた。

＊

大きな地震が起きて、大きな津波が襲って、町はほとんど壊滅してしまった。死者と行方不明者は合わせて数百人にものぼった。一命を取り留めた人たちも家を流され、いまは体育館や学校を避難所にして、食べるものさえ満足に行き渡らない毎日を過ごしている。

引っ越してからの三十年間、あの町を再び訪れる機会はなかった。エリちゃんとも年賀状のやり取りを何年かつづけただけで、それっきりになってしまった。津波がなかったら、もしかしたら、思いだすことすらなかったかもしれない。

＊

ヨウコはエリちゃんのウチの玄関先で、おばさんとエリちゃんに目覚まし時計の箱を差し出して、「ごめんなさい、ごめんなさい……」と泣きながら繰り返した。

でも、二人はヨウコを怒らなかった。代わりに、二人そろって苦笑いを浮かべ、「あーあ」「先を越されちゃったね」と言った。

いったん家の中に戻ったエリちゃんが「これ、見て」と持ってきたのは、ヨウコが持っているのと同じ、目覚まし時計の箱だった。

「さっきお母さんが交換してきたの」とエリちゃんが言うと、横からおばさんが「今日は『マルショウ』まで三往復したから、ダイエットはばっちり」と笑う。

「明日、駅に持って行って、プレゼントするつもりだったんだよ」「ヨウコちゃんは絶対にこういう可愛らしい時計が好きなはずだから、って言ってたの」「シールが残り六枚だったからお母さんに『マルショウ』でちょっと多めに買い物してもらったんだけど」「勘違いしてて、五枚分しか買わなかったの」「で、あわててまた買い物に行って」――そのときにヨウコが訪ねてきた、という。

「ヨウコが帰ったあとすぐにお母さんも帰ってきて、じゃあシール貼ろうか、って言ってたら、最初の五枚がなくなってたの」「エリに叱られちゃったのよ、お母さんがだらしないからなくしちゃうんだ、って」「しかたないから、また『マルショウ』で五枚分買い物をして、その場で台紙に貼って交換してもらったわけ」「お米とか天ぷら油とか、たくさん買っちゃった」――二人とも、ちょっと迷惑したような顔で、まいっちゃったね、と困った顔にもなって、それでもヨウコのことは一言も責めたりなじったりはしなかった。

結局、同じ目覚まし時計が二つ。

「ちょうどよかったんじゃない？」とおばさんは笑った。「仲良しの二人が、離ればなれになったあとも同じ時計で毎朝目を覚ますのって、ステキじゃない？」

そうしようか、とエリちゃんも目配せでヨウコに伝えた。ヨウコはうなずいて、ハナをすすった。やっと涙が止まった。でも、エリちゃんやおばさんのように、にっこり笑うことはできなかった。

＊

シズカは「優しいひとだったんだね、エリちゃんもおばさんも」と言う。「優しいっていうか、心が広いっていうか」
「……二人とも、あわてんぼうなくせに、意外とのんびりした性格だったからね」

わかるわかる、そーゆーひとっているよねー、と笑うシズカに、ヨウコは首を横に振って誤りを正した。「そういう町だったのよ」

シズカも、うん、とうなずいて、値札を取った新しい衣類を丁寧に畳んで、ヨウコに手渡した。ヨウコはそれを、もっと丁寧な手つきで段ボール箱に詰めていく。衣類や化粧品、乾電池、救急用の薬やバンソウコウ……すべて、あの町の避難所に送る救援物資だった。

段ボール箱一つでは、たいした助けにはならないだろう。かえって邪魔になるだけかもしれない。それでも、なにかをしたかった。避難所に昔の友だちがいるのかどうかは知らない。エリちゃんは無事なのか。おばさんは無事なのか。だいじょうぶ、と自分に言い聞かせていても、まだ怖くて確かめられずにいる。でも、誰でもいいから、誰かに、届けたい。励ましや慰めの言葉よりも、むしろ「ごめんなさい」と「ありがとう」のほうが、いまの気持ちには近い――それがなぜかは、自分でもよくわからなくても。

箱には、小さな時計もいくつか入れてある。避難所生活は時計がないので不便だ、という新聞記事を読んだのだ。あの頃よりも時計はずいぶん安くなって、お洒落にもなった。家電量販店で避難所に送る時計を買い込んだついでに、自分のためにも『マルショウ』の時計と似たデザインの目覚まし時計も買った。

エリちゃんとおそろいになった『マルショウ』の時計は、一年足らずで壊れてしまった。しばらく『宝物』の箱に入れておいたあと、オトナになる前に処分した。

エリちゃんの時計はどうだったのだろう。いまでも動いていてほしいと思いながら、でもそれは無理かな、と苦笑いも浮かぶ。

救援物資の箱詰めが終わったのとタイミングを合わせたように、新しい目覚まし時計に電池を入れていたシズカが「針、動きだしたよ」と言った。

アナログ式の時計の秒針が、チッ、チッ、チッ、と時を刻む。その針の動きをぼんやりと目で追いながら、ヨウコはなつかしい町となつかしい友だちのために、少しだけ泣いた。

第十一章 「青」と「黒」の時代

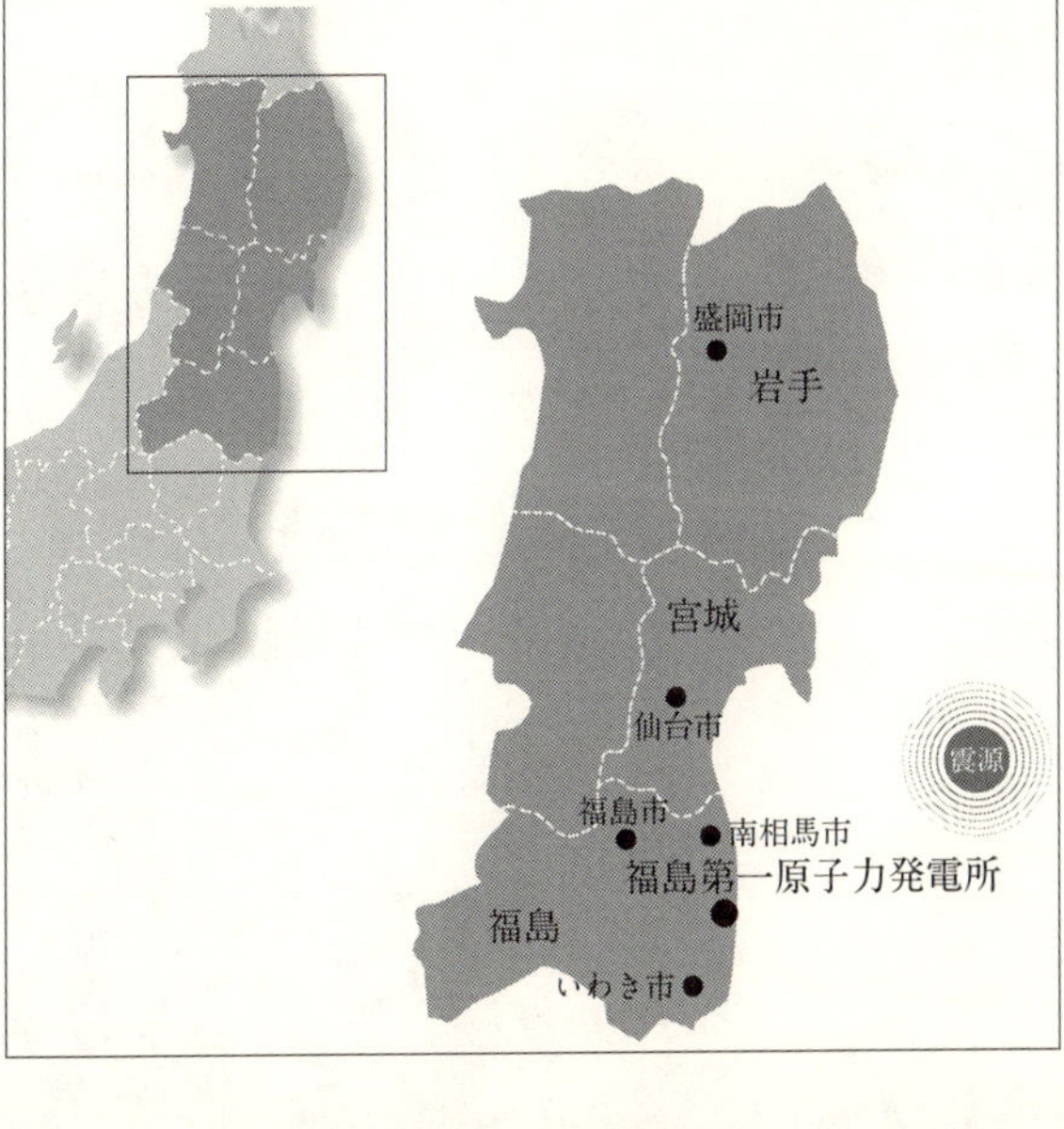

震災発生から間もなく丸8年になる2019年1月、南相馬市小高区を訪ねた。海岸部の津波の傷痕がほとんど消えた一方、当時は「見えないからこそ怖かった」原発事故の傷は、皮肉にもいまになってようやく、積み上げられたフレコンバッグの山で可視化された。それは決して、傷「痕」ではないのだ——。

「平成」という時代を色であらわすなら、何色になるか。

暗黒とは、さすがに言いたくない。灰色。なるほど。できればライトグレーあたりにしておきたいのだが、どうだろう。やはりダークグレーになってしまうのか。玉虫色という答えもあるだろうか。確かにいろいろな課題が積み残しになったまま、一つの時代が幕を閉じようとしている。いずれにしても、少なくともバラ色ではなかったことは認めざるをえないだろう。

問いが大きすぎる？　じゃあ、もうちょっと絞って、こう訊き直そうか。

災害が多かった平成時代を象徴する色は、なにか。

僕なら、「青」と「黒」と答える。

「青」は、ブルーシートの青である。

工事現場で資材として使われるブルーシートは、本来は僕たちの日常生活での接点は、さほどない。お花見や運動会のときのゴザ代わりにするのがせいぜいだった。

そのブルーシートに「災害対策の備蓄品」としての側面が付与されたのは、1995年の阪神・淡路大震災がきっかけだったという。平成7年のことである。壊れた屋根の応急処置や避難所の床の養生、風よけ、衝立代わり……そして、最も悲しい用途になってしまうのだが、被災して命を落とした人を移送する際の目隠しにも……。さまざまな報道を通じてブルーシートの汎用性が広く知られ、その後は自治体の災害用備蓄品のリストに欠かせない存在になったのだ。

実際、2004年の新潟県中越地震でも、2011年の東日本大震災でも、2016年の熊本地震でも、2018年の西日本を中心とする豪雨でも、当時の報道写真やニュース映像を見ていると、ほんとうにブルーシートの青が目立つ。

発災から時間がたち、ニュースで報じられることがなくなってからも、海の青とも空の青とも違う、いかにも人工的な鮮やかすぎるブルーシートの青は、僕たちに「忘れるな」と無言で訴えかける。たとえば、平成が間もなく終わる2019年3月になってもなお、東海道新幹線の列車が京都―新大阪間に差しかかると、ブルーシートを掛けた屋根が車窓風景に点在していることに気づかされる。前年6月の大阪府北部地震や9月の台風21号で壊れた屋根の修繕が、半年以上たっても終わっていないのだ。

熊本でも、広島でも、北海道の胆振地方でも、そして三陸でも、まだ役目を終えていないブルーシートはあるはずだ。それはつまり、不便で不安な暮らしを強いられている被災者がまだいるんだ、ということでもある。

平成のうちにすべての被災地からブルーシートの青い色が消えることは、残念ながら、ないだろう。

そして次の時代にも、いつか、どこかの町が鮮やかすぎる青に染められてしまうことも、覚悟するしかない。災害列島ニッポンに暮らすというのは、そういうことなのだ。願わくば、その青が、亡きがらをくるむことには使われませんように……。

「青」については以上。

一方、「黒」は、フレキシブルコンテナバッグ（フレコンバッグ）の色である。

こちらは、ブルーシートのように平成の災害すべてにかかわっているわけではない。起きたのは、昭和を含めてもたった一度きり。だからこそ、決して二度と起きてはならない事故にまつわる色だ。

用途のほうも限定される。もともとフレコンバッグは穀物や飼料の梱包・輸送に使われたり、ゴミの運搬用だったり土嚢になったり、とさまざまな場面で使われているのだが、ここで語りたいのはただ一つの使い途——。

回りくどい言い方はやめよう。

２０１１年の東日本大震災に起因する福島第一原子力発電所の事故が、「黒」を生んだ。汚染された土壌の除染作業によって出た大量の汚染土を保管しているのが、黒いフレコンバッグなのだ。その数は、２０１８年3月の時点で１６５０万袋。最終的には２２００万袋、東京ドーム18杯分に達するフレコンバッグが、福島県の大熊町と双葉町に建設中の中間貯蔵施設に運ばれるという（同年3月9日オンエア『NEWS23』より）。

それまでの間、一時的にフレコンバッグを保管する仮置き場は、2018年12月31日の時点で、福島県内に933ヶ所。いや、その数の多さに驚くのは早い。仮置き場に集められることすらなく、家の庭先や校庭などにそのまま置いてある現場保管は、10万4938ヶ所にも及ぶのだから。

そんな仮置き場の一つを、僕はいま――2019年1月8日、すぐ間近に見つめている。うずたかく積み上げられ、黒い防水シートで覆われたフレコンバッグは、道路に沿って延びる仮囲いのパネルでは隠しきれない。小高い丘のようにも見えるし、全身が真っ黒な巨大で邪悪な生き物がうずくまっているようにも見える。

僕がいるのは、福島県南相馬市小高《おだか》区大富《おおとみ》である。

原発事故の影響で全域に避難指示が出された小高区は、2016年に除染が完了して、避難指示も解除された。

「でも……」

僕の隣にたたずむ大井千加子さんは言った。

「もともと、大富には74軒あったんですが、戻ってこられたのは、そのうちの15軒だけです。あとの皆さんは、避難中に別のところに家を構えて、そちらでの生活がスタートしているので、いまさら戻っても……ということです」

仮置き場を、文字どおり除染の置き土産と呼んでは軽すぎる。除染の残した傷痕と名付けたほうがいいだろうか。

緑豊かな里山の風景の中で、黒い丘は、あまりにも異質だった。避難生活を終えて、懐かしいふるさとに帰ってきた人たちは、この「黒」を否応なしに視界に収めながら生きていかなければならない。

ふるさとの傷は、たとえ除染完了によって出血は止まったとしても、決して癒えてはいない。だから、里山の一角を異様な暗さで染めてしまう「黒」は、紛うかたなき、なまなましい傷口――まだ、傷痕にはなっていないのだ。

大富でデイサービス施設を運営している大井さんは、震災前は南相馬市の原町区にある介護老人保健施設『ヨッシーランド』で入所介護長を務めていた。

その施設名に「そういえば……」と思いだした人もいるかもしれない。海岸から約2キロのところにあった『ヨッシーランド』は、東日本大震災で津波に襲われ、36人の利用者と職員1人が犠牲になった。大井さん自身も、腰まで波に呑まれ、引き波の強さに体ごと持って行かれそうになったという。

そのときのことを、大井さんはデイサービスの運営会社・彩葉《いろは》のホームページで、こんなふうに綴っている。

〈辺りには真っ黒な泥で埋まった職員や利用者様がいました。／上半身が泥に埋まった方や、その真っ黒な泥に埋もれ、頭皮が剥げて出血をしている方も。誰が誰なのか判別が出来ないほど一面が真っ黒な泥で覆われました。／「……助けて……」弱々しい声が聞こえました。呻き声を上げて震えている方々。／（略）／泥だらけになった職員、一面瓦礫と泥と大木、横転した車が散乱した真っ黒な風景……「誰かいませんかー！　声を出して下さい！」何度も何度も声をあげて歩きました。／川の土手の瓦礫の中に顔を発見しました。目を閉じて眠っているような顔の部分だけが見えました。泥の田んぼの中に腰の部分が見えました。しかし、どうすることも出来ませんでした〉

その悲しみに追い打ちをかけるかのように、原発事故が起きて、自宅のある小高区に避難指示が出た。

〈2011年4月、故郷の小高区は立入禁止となり、バリケードで封鎖され、警察官が常駐する異様な光景になりました。／両親が福島市での避難生活に疲れて、南相馬へ戻り、高齢夫婦だけで仮設へ入所しました。／息子夫婦と孫は別世帯、福島市内で暮らし始めました。／主人は、復興支援で南相馬を離れることは出来ず、私は、独り暮らしとなりました。／しかし、この独り暮らしは、私を否応なく苦しめたのです。／孤独、涙、悪夢、ＰＴＳＤに震える生活が２０１２年3月まで続いたのです〉

その後、２０１６年7月に、南相馬市の避難指示が一部を除き解除された。

大井さんは、最初は帰還するつもりはなかったという。

家族――息子さん夫婦とお孫さんがいる。まだ若い彼らのことを思うと、とりわけ孫の健康を考えると、万が一の怖さは捨てきれない。

「もともと、みんなで農家をしながら暮らしていたんです。その生活が大好きだったから、それをもう一回、どこか別の町で再建したかったんです。こっちだと孫が帰ってこられない、帰ってきたとしても責任を負えない、というのがあるので……」

ところが、夫の両親は、住み慣れた小高区に帰りたい、と言う。近所の人はほとんど帰ってこないし、昔どおりの生活は営めない。そう諭しても、どうしても帰りたいと譲らない。両親はともに80代半ばである。残された歳月をふるさとで送りたいという気持ちは、大井さんにも痛いほどよくわかる。

かといって、年老いた両親だけを、ご近所のコミュニティが断ち切られてしまったふるさとに住まわせるわけにもいかない。生活に不自由するだけではなく、5年以上にわたって人の手が入らなかった田畑や山は、野生のイノシシやサルに荒らされ放題だった。人を怖れなくなっている野生動物がもしも襲ってきたら、年老いた両親は追い払うことはおろか、逃げることも覚束ないだろう。

「やっぱり、主人とわたしがそばにいるしかないんです。わたしは子どもや孫といたかったし、両親もそのほうが元気になると思ったんですが、主人からすれば、自分の親ですから、しょうがないだろう、となりますよね」

大井さんはそう言って、「夫婦でケンカもしたんですよ、いっぱい」と苦笑する。いまでこそ冗談めかしていても、当時はほんとうに大変だったんだろうというのがにじむ、苦みの強い笑顔だった。

それは、大井家だけの話ではない。

ふるさとに「帰る」「帰らない」――いや、「帰りたい」「帰れない」をめぐって葛藤した家族は数多いだろう。大井さん夫婦のように、年老いた親と、まだ若い子どもや孫の間に挟まれて、途方に暮れた熟年世代も少なくないはずだ。そして、心ならずも分断されてしまった家族も……。

「避難」という言葉には、一時的なもの、緊急的なもの、というニュアンスがある。だからこそ、「避難指示が解除されたら帰るのがあたりまえ」「避難指示が解除され、ふるさとに帰れるようになって、よかったですね」という理屈が、ごく当然のことのように成立する。

だが、5年以上の長きにわたった避難は、もはや一時的なものでも緊急的なものでもない。非日常だったはずの避難先での日々が、やがて日常になっていく。避難先の町並みに馴染み、知り合いや友人ができて、愛着だって湧いてくる。「避難」と「避難生活」は似ているようでいて、明らかに違うのだ。避難所や仮設住宅から退去するときでさえ、ほっとした喜びと同時に、わずかな寂しさや、もっとかすかな名残惜しさをも感じてしまうのが、ひとの心というものではないのか。日々の暮らし、生活、営みの持つ、理屈を超えた力というものではないのか。

避難指示が解除されたことは、もちろん、喜ばしい。「避難」は誰だって早く終えたい。けれど、それが「避難生活」の一方的な打ち切りになってしまうのなら――かえって困惑してしまう家族だっているだろう。

国は避難指示区域がどんどん減っていることを自賛する。けれど、そもそもなぜ避難しなくてはならなかったのかの原点に立ち返れば、やはり、フレコンバッグの「黒」が象徴する傷口からは、血がにじみ出ている。それも、一目見て誰もがわかる赤い血ではなく、透きとおった血が、静かに、音もなく、けれど確かににじんでいるのではないか？

大井さんは言った。

「だから、わたしと主人は、こっちに帰ることに決めたんです。でも、じゃあ、わたしはこっちでなにをすればいいだろう、となりますよね？」

除染が完了した。「帰ってきてもいいですよ」と国に言われた。けれど、「帰れるようになったこと」と「帰ってきて暮らしを営むこと」とは――さっきの「避難」と「避難生活」と同じように、やはり、似ているようでいて、断じて違うのだ。

「たとえば……」

大井さんは続ける。「南相馬に帰ってきたお年寄りの皆さんは、どこのデイホームに行けばいいんですか？　どこの施設から訪問入浴のスタッフさんに来てもらえばいいんですか？」

国は「帰ってきてもいいですよ」と言った。

けれど、小高に帰ってきた人たちは、どこで買い物をして、どこで髪を切り、どこで仲間とおしゃべりをして、病気になればどこの病院に行き、困ったときにはどこに相談に出向き、どこで働いて生計を立てればいいのか。

「受け皿がないんですよ。受け皿がないのに、国は、南相馬に帰ってきなさい、お年寄りは在宅で見てあげなさい、って言うんですよね」

だからこそ、大井さんは自分のやるべきことを見つけた。いや、正確には、「やらざるをえないこと」がそこにあった、と言ったほうがいいだろうか。

「じゃあ、わたしがやらなきゃ……ということなんです」

介護施設を自らが運営することを決めて、彩葉を起ち上げた。施設をつくるための費用には、東京電力からの賠償金を充てることにした。他の多くの世帯は避難先での新居購入や新生活のためにつかった賠償金を、大井さんは、ふるさとに帰ることを選んだお年寄りのためにつかったのだ。

「『ヨッシーランド』で亡くなった利用者様のお気持ちにも、少しは報いられるんじゃないかな、と思ったんです」

ここからは、再び彩葉のホームページから――。

〈2017年南相馬市、避難解除命令が出ました。復興が進み、放射能の危険性はない。住民が生活することに支障はありません！　という政府の判断。／2018年の現在、南相馬市は放射性廃棄物の山が数メートル先にあり、水道という人が生活する上で大切なインフラも整っておらず、食べ物を買うにも遠く離れたところへ行かないと手にする事が出来ないのです。／当然、若い人たちはこれからの人生を踏まえ移住しました。しかし、老齢の方々はどうでしょうか？　余生を新たな土地で……とは考えません。そうした老齢の方々は皆、生まれ育った南相馬市へ戻ってきます。放射性廃棄物の山々、インフラの整っていない、生活環境が整っていないこの土地へ戻ってきます。ベクレル検査機が数値を刻みます。でも、住民にとっては大切なふるさとなのです。／たくさんの悲しみと絶望を抱えた状態でしたが、私は決意しました。／みんなが南相馬市へ安心して戻ってこられるようなデイサービスを作ろう。そして戻ってくる方々のお世話をしよう！　それが救えなかった方々への私からのせめてもの恩返しになればと〉

２０１７年５月、大井さんは株式会社彩葉を設立した。半年後の11月に、『お元気デイサービス彩りの丘』を開設。さらに、２０１８年２月には、より支援を必要とする要介護１〜５の人を対象とした『デイサービスいろは』を開設した。寝たきりの人も歓迎、さらに隣接する浪江町のお年寄りも受け容れている。

大井さんは、ふるさとに帰ってきたのではない。

ふるさとに帰ってきて、新しいことを、始めたのだ。

ただし、現実は決して甘くはない。

「帰ってくる人が少なければ、利用者様も、やっぱり、なかなか集まりません」

大手の介護施設運営会社とは違って、企業としての体力は弱い。利用者が少なければ、そのまま経営のピンチにもなってしまう。

そして、その数は——あえて率直に言うなら、決して多くはない。

小高区に帰ってきた人たちの数も、原発事故の前と比較すると2割強に過ぎない。そもそも母集団が減っているのだから、利用者が減るのは必定でもある。

さらに大きな問題は、スタッフの確保だった。避難指示が解除になったとはいえ、福島第一原発から20キロ圏内という立地条件が、ここで大きなネックになってしまう。

「仮置き場から、こんなに近いんですよ?」

大井さんの口調が強くなる。フレコンバッグの黒い丘を指差し、振り向いて、『お元気デイサービス彩りの丘』を指差す。確かに近い。近すぎる。建物からは百メートルほど、敷地全体で見れば道路を一本隔てたところに、あまりにも禍々しい黒い丘がある。黒い邪悪な生き物がうずくまっている。

「こんなに近かったら、住みますか?」

問われた僕は、無言でうつむくしかない。

むろん、大井さんも僕を困らせるために、その問いを発したわけではない。

そこからの口調は、むしろ力の抜けた、さばさばとしたものになった。

「ホームページを見てくれて、『ここで働きたい』と言ってくれる人もいるんですよ。都会からわざわざ来てくれた人もいました」

その熱意に胸打たれながら、だからこそ、大井さんは包み隠さず、仮置き場の黒い丘を見せた。小高区の、生活の場としての復興の進捗状況も伝えた。そのうえで、スタッフ志望者に言ったのだ――「家族が全員ウチに来ることを許すんだったらいいですけど、誰か一人でも『行かないで』と言うんだったら、来るべきじゃないです」。

職場見学のために3人訪ねてきた。その中で、働くことを決めたのは1人のみ。配偶者や子どものいない単身者だった。

これが、避難指示が解除されたあとの小高区をめぐる現実なのだ。

大井さんも、その現実から目を逸らすつもりはない。

「いま働いてくれているスタッフの健康に、万が一なにかあったときには、わたしは国が相手でも戦いますよ」

きっぱりと言った。「だって、国が『だいじょうぶですよ』って言ったから、帰ってきたんですからね」

僕はまた、口をつぐんでうつむいた。

ただし今度は言葉を失って沈黙したのではない。大井さんの覚悟の強さと深さに気おされ、胸を衝かれたのだ。

そしてまた、こうも思う。

こののどかな里山を、それほどの覚悟を持たなければ帰れないふるさとにしてしまったのは――誰だ。

別れぎわに、社名の「彩葉」の由来をうかがうと、大井さんは周囲の山々を見回して言った。

「山の木々の葉っぱがきれいなんですよ。いろんな色があって、紅葉の時季は特に」

だから、彩りの葉と書いた。「いろは」はまた、ものごとの始まりの言葉でもある。

いまの山は冬枯れているが、春には桜が咲くという。今年は施設のまわりを花畑にするんだと張り切っている大井さんは、地元の農家の協力を得て、ハチミツ採りにも挑戦している。色とりどりの花畑をミツバチが飛び交う光景は、きっと美しいだろう。桃源郷のように……そうだ、もともと福島は桃の一大産地でもあったのだ。

春の色彩豊かな風景を思い浮かべながら、僕はまなざしをほんの少し遠くに放った。微笑みで記事を締めくくるのを拒むように、そこには黒い丘が広がっていた。

福島県災害対策本部が、2019年3月5日付けで発表した『平成23年東北地方太平洋沖地震による被害状況即報（第1751報）』によると、福島県内に避難している人の数は8655人、県外への避難は3万2631人にのぼる。震災発生から丸8年になろうとする時期になっても、これだけの数の人びとがふるさとを離れて暮らさざるをえないのだ。

その一人ひとりの悲しみと怒りを混ぜ合わせてできる色は、やはり、「黒」になってしまうのだろう。

仮置き場のフレコンバッグがすべて中間貯蔵施設に運び込まれ、ふるさとから「黒」が消えてくれる日は、平成の次の時代の、いつになるのか――。

まだ具体的な目処は立っていない。

小さな浜の希望

第十二章

取材の旅を続けながら、『希望の地図２０１８』の「希望」に価するものをオレは見つけられただろうか、と自問していた。２０１１年の「希望」は「絶望しないためのぎりぎりの底力」だった。ならば、いまの「希望」はどう定義づけるべきか。その答えを探るヒントが、牡鹿半島の小さな浜にあった。

小さな浜の話をしよう。

宮城県石巻市、牡鹿半島の付け根あたりにある蛤浜《はまぐりはま》は、東日本大震災前にはわずか9世帯の、牡鹿半島で一番小さな集落だった。いまもおそらく、半島に点在する集落の中で最も住民の数が少ないだろう。２０１９年1月現在、この浜に住んでいるのは、震災前よりさらに減って3世帯・7人になってしまった。

海岸のぎりぎりまで山が迫って、曲がりくねった県道から浜にたどり着くには、車も人も、転げ落ちてしまいそうな急な坂を下らなければならない。三陸のリアス海岸の典型的な地形である。だからこそ、ここは、震災時の津波で壊滅的な被害を受けてしまったのだ。

２０１９年1月7日、風花の舞う肌寒い日に、その浜を訪ねた。石巻の中心部から車で約30分、1日数本のバスなら約40分と、決して辺鄙なわけではないのに、市街地を抜けてきた僕の目には、まるで俗世から切り離された別天地のように見える。

それは、浜の入り口――『蛤浜』バス停のそばに立つ、絵本から抜け出てきたようなツリーハウスのたたずまいのせいもあるだろうか。

ハウスはまだ新しい。２０１５年1月に一般公開が始まったのだという。屋根の上に、風見鶏ならぬ風見羊が置かれたこのハウスは、「東北に１００のツリーハウスをつくろう」という『ほぼ日』の糸井重里さんの発案で起ち上げられた社団法人・東北ツリーハウス観光協会が手がけたハウスの第3号である。

KAMEYAMA SABUROという名前も付いている。3つめのツリーハウスだから三郎なのだろう。そして、KAMEYAMAの由来は――。

「湾曲した入り江の形がハマグリの貝殻に似ているので、蛤浜という地名になったそうです」

浜を案内してくれるのは、亀山貴一さん。蛤浜に生まれ育ち、震災後のいまも戻って暮らす亀山さんは、ツリーハウス製作の中心人物であり、震災で壊滅的な被害を受けたこの小さな浜を、年間1万5000人が訪れる場所によみがえらせた立役者なのだ。

『希望の地図2018』――最後の取材は、小さな浜を舞台にした友情の物語をめぐる旅になった。それは同時に――物書きとして、この言葉をつかうことには慎重でありたいとは思っているのだが、ささやかではあっても深い奇跡の物語をたどるインタビューにもなったのだ。

＊

蛤浜はとにかく小さい入り江である。端から端まで歩いても5分とかからないだろう。

美しい海だ。覗き込むと水底の石まではっきりと見える。静かで穏やかな海でもある。雲の隙間から陽光が射し込んだかと思うと、急に雲の色が暗くなって、白いものが北風に乗って吹きつけてくる、そんな真冬の空の下であってさえ、波は優しく寄せては返す。

「ウチは祖父の代までずっと漁師でした。父親が鮮魚店を営んで、私の高校時代に石巻の街なかに引っ越していったあとは、蛤浜の生家は空き家になっていたんですが、私自身も海が大好きで、蛤浜が大好きで、いまでも漁師になりたいと思っているほどですから、蛤浜へはずっと帰りたいと思っていました」

蛤浜に生まれ育った亀山さんは、宮城県水産高校を卒業後、九州の宮崎大学と石巻専修大学大学院で水産学を学び、母校の水産高校の教師となった。

「高校は石巻の渡波《わたのは》地区にあるので、蛤浜からだと車で10分ほどなんです。じゃあ、蛤浜に戻ろう、と」

ふるさとへのUターンを果たし、結婚もした。さらに奥さんが身ごもっていることもわかった。順風満帆、幸せ一杯の一家を——津波が襲った。

「ご覧のとおり、ふだんはほんとうに波が静かで穏やかな海なんですが、とにかくリアス海岸ですから……」

津波に襲われると、ひとたまりもなかった。

波に流されずに残った民家は高台の4戸のみ。そのうちの一つが、築100年にもなる亀山さんのお宅だった。

だが、「それはよかったですね」と言うわけにはいかない。ご自宅こそ無事だったものの、出産を控えてたまたま当日は石巻市渡波地区にある実家を訪ねていた奥さんは、そこで津波に巻き込まれ、おなかの赤ちゃんともども亡くなってしまったのだ。

亀山さんは、傷心のもと、一度は故郷の蛤浜を離れた。奥さんとの思い出がたくさん残っているこの浜は、思い出が幸せであればあるほど、悲しみを呼び起こす場となってしまう。さらに現実問題として、かつての暮らしを取り戻すには、津波の被害はあまりにも甚大で、集落はあまりにも小さかった。

追い打ちをかけるように、震災から半年後、今度は台風が襲った。2011年9月21日に牡鹿半島を直撃した台風15号は、蛤浜にも土砂崩れなどの大きな被害をもたらしたのだ。高台に居住地を造成しようにも戸数が集まらない。浜の近辺は災害危険区域に指定されたので、流された家の跡地に再建することもできない。わずか4戸で集落を維持できるのか。なにより、小さな浜のそこかしこに瓦礫が残り、海の中の瓦礫に至ってはまったく手つかずの状態で、そこに土砂崩れの被害まで加わった。「復興」どころか「復旧」すら覚束ないありさまでは、やはり帰郷は難しい……。

だが、震災から約1年後、亀山さんの心境に大きな変化が訪れた。避難生活が少し落ち着いてきた段階で、浜の様子を見に行った亀山さんは、そこでボランティアの人たちの助けを借りながら瓦礫の撤去を続ける区長さんたちの姿を目にした。どんなに大変でもここで暮らしていきたいという強い思いが、ひしひしと伝わり、胸を揺さぶったのだ。

「震災前の僕自身、ほんとうに蛤浜が好きで暮らしていたんです。その自分自身のルーツがなくなってしまうのは、寂しいし、ご近所の人にもずっとお世話になっていたので、なんとか力にもなりたいと思ったんです」

さらに、ちょうど蛤浜に来ていたドイツ人ボランティアが、亀山さんに声をかけた。曰く

――「自分は世界中をいろいろ回って見てきたけど、ここが一番美しい場所だよ」。

その言葉が決め手になった。

ふるさとに根を張って生きる人たちの姿と、遠くからやってきたボランティアの一言が、津波と台風で深く傷ついていた蛤浜と、亀山さんの心を、いわば内と外から照らし出してくれたのだ。

2012年3月、亀山さんは蛤浜再生プロジェクトを起ち上げた。残った民家は4戸、住んでいるのは3世帯という、もはや「集落」の形すら成り立たなくなってしまったふるさとを守るためには、どうすればいいか。

「生活の基盤になるなりわいづくりと、外からやって来る人たちとの交流で集落を維持するしかありません」

そう考えると、やはり、この美しい海がふるさとの宝になる。山がすぐそばまで迫っていることは、逆に言えば、すぐに緑豊かな森に入っていけるという強みにもなる。マリン・アクティビティーやキャンプなど、さまざまな自然体験ができるし、林業、狩猟、漁業といった1次産業を、加工の2次産業や流通の3次産業まで含めて6次産業化していけば、なりわいの可能性も広がる。

もちろん、亀山さん一人ではできない。ふるさと再生の志に共感し、ともに汗を流してくれる同志が必要になるのだが——。

被災地の現実は、決して甘くはなかった。

「最初は幼なじみとか身近な友だちから声をかけていったんですけど、みんな仙台とか東京に出ているんです。石巻には働く場所がなくなってしまったから。僕の話に興味を持ってくれても、石巻に戻りたくても戻れないよ……と断られることの連続でした」

そんななか、石巻の居酒屋でアルバイトをしていた幼なじみの一人が、亀山さんの孤軍奮闘ぶりを見かねたのだろう、ちょっとだけでも話を聞いてやってもらえないか、とバイト仲間の今村正輝さんに相談した。

亀山さんは藁にもすがる思いで、今村さんに会いに行った。1982年3月生まれの亀山さんと、1981年3月生まれの今村さん——同世代の二人は、ここで運命の出会いを果たすことになる。

＊

「僕、あまり乗り気じゃなかったんですよ」

今村さんが苦笑する傍らで、亀山さんは「ほかの人は話を聞くのに1時間とか2時間を取ってくれたんですが、今村さんは『俺、忙しいから』って、30分しか聞いてくれなかったんです」とウラ話を教えてくれた。

蛤浜再生に心が動かなかった——わけではない。

むしろ逆だった。

「最初に蛤浜に来たとき、エメラルドグリーンの海がほんとうにきれいで、こんなに美しい浜があったのか、と驚いたんです。でも、集落の道路は手つかずのまま瓦礫だらけで、津波だけじゃなくて台風で土砂崩れも起きていて、家の中にまで泥が入ってグチャグチャだったんですよ。ここに関わったら、1年や2年のスパンじゃすまないぞ、と思ったんです」

もともと今村さんは石巻の人間ではない。千葉県の出身で、料理人として東京の店で修業していたときに、東日本大震災が起きた。ちょうど修業先を移ろうかというタイミングだったこともあり、居ても立ってもいられず、5月頭に石巻へ向かった。当初は2週間ほどのボランティアのつもりだったが、避難所の体育館で身を寄せ合い、炊き出しの行列に並んでいる人たちを見ていると、現地を離れるわけにはいかなくなった。「料理の修業なんていつでもできる！」と、6月から勤めるはずだったお店に断りの連絡を入れ、貯金があるうちは石巻でボランティアを続けよう、と肚をくくったのだ。

震災から1年がたち、ついに貯金も尽きた。そろそろ東京に帰って料理の修業を再開しようと思い、勤める店も決めた。あとは当面のお金を貯めてから帰ろう、と居酒屋でアルバイトを始めて……30行ほど前の話につながるわけである。

これが、人と人との出会いの妙味なのだろう。もしも今村さんがもっと早い時期に帰京していたら、あるいはもしも今村さんが別のバイト先で働いていたら、亀山さんが「ふるさとを再生させよう」と決意を固めるのがもうちょっと遅かったら、さらに言うなら、亀山さんが亀山さんではなく、今村さんが今村さんではなかったら、蛤浜はどうなっていたか——。

結論を先回りして言っておくと、今村さんは、せっかく決めた新たな修業先に、またもや「行けなくなりました」と断りの連絡を入れることになる。蛤浜再生プロジェクトに取り組む亀山さんを支え、後押しすることを決めたのだ。

「土砂崩れの泥かきが大変だったんですよ。待ってても誰もやってくれないと思ったから、とにかく家の中の泥をかき出そう、と。ボランティア仲間をみんな蛤浜に呼んで、毎週毎週、どんどん人が増えていくと、僕もちょっと引くに引けなくなっちゃって……」

今村さんの言葉を受けて、亀山さんも「僕が口説いたというより、使命感でやってくれたんですよ」と言う。

すると、今村さんはすかさず亀山さんにエールを――。

「亀山くんみたいに、若い世代で、なおかつ家族を津波で亡くしていながら、『こういうのをつくっていきたい』というのをしっかりと描いて活動している人には、なかなか出会ったことがなかったんですよ。亀山くんから、ものすごいエネルギーをもらったんです」

亀山さんは逆に、今村さんのことを――。

「今村さんの人を惹きつける力って、すごいんです。私はとにかくいろんな人に声をかけていくことしかできなかったんですけど、今村さんは人をどんどん連れて来てくれて、その人がまた新しい人を連れて来てくれて……輪がパーッと広がっていく感じだったんです」

実際、今村さんが瓦礫撤去の協力をＦａｃｅｂｏｏｋで呼びかけると、全国から１００人以上のボランティアが蛤浜に集まったという。

そして、二人の絆は、強い磁場となって、新たな出会いをも引き寄せる。

たとえば、鹿児島県の種子島出身の島田暢《とおる》さん――亀山さんと同じ1982年生まれの島田さんは、震災後すぐに種子島から石巻に入り、ボランティアを始めた。クレーンオペレーターの資格を持ち、重機や大型車輌を扱うことができて、店舗の改築や木工の技術も持つ島田さんは、被災地にとって、これほどありがたい存在はない。まさに八面六臂の活躍を続けていた島田さんに、今村さんが「蛤浜にこんな人がいるんだ」と亀山さんを紹介したのだ。亀山さんから蛤浜再生プロジェクトの企画書を渡された島田さんは、その翌々日には蛤浜に来て、いまに至るまでかけがえのない仲間の一人として活動している。

確かに、輪が広がった。

しかも、その輪は、ただの輪郭ではなく、中身のしっかり詰まった輪になってくれた。

2013年春、亀山さんは教師を退職して、泥かきの終わった生家をリノベーションした『cafeはまぐり堂』を開き、蛤浜の拠点をつくった。さらに翌年には一般社団法人『はまのね』を起ち上げ、蛤浜の再生に本格的に取り組んでいった。

すると――。

「最初に相談したときには、『石巻には戻りたくても戻れない』と言っていた幼なじみや地元の友だちが、カフェができて、活動が形になっていくのを見て、『働く場所があるのなら、帰るよ』とUターンして、一緒にカフェで働いてくれたりするようになったんです。今村さんや島田くんたちが、ここに魅力を感じ取ってくれて、地元の良さを引き出してくれたおかげですよ」

千葉県出身の今村さんや鹿児島県出身の島田さんのように、遠くから来た人が、まず人の輪をつくり、その中に地元の仲間たちが入っていく。それは、亀山さんが蛤浜でドイツ人ボランティアの一言に勇気づけられたことにも通じるだろう。

一方、今村さんもまた、２０１３年の春に人生の大きな転機を迎えた。石巻市内に自分の店『四季彩食いまむら』を持ったのだ。

「移住することになるとは、２０１１年に初めて石巻に来た時点では、夢にも思っていませんでした」

当時付き合っていたカノジョが石巻出身だったことも大きい、と付け加えて苦笑する今村さんだが、その決断を最も強く支えたのは、言うまでもなくプロの料理人としての思いだった。

数年間を石巻で過ごしているうちに、漁業や農業など生産者と知り合う機会も増えた。石巻の食材の素晴らしさも知ったし、なにより、津波で船を失い、港を失いながらも、ゼロからやり直そうとする人びとの姿に胸打たれた。

「生産者の皆さんのすぐそばで料理をつくりたい、と思ったんです。生産者の皆さんがつくってくれた食材や獲ってきてくれた食材を、皆さんの見えるところでお客さんに届けたい。東京に帰ってしまうと、もう、こういう環境では料理をつくれないかもしれない。そう思うと、石巻って最高じゃないか、と」

『四季彩食いまむら』は、たちまち地元で評判の和食店になり、2017年には『ミシュランガイド宮城　2017　特別版』にも掲載——名実ともに石巻を代表する店の一つとして、いまでは市外のみならず県外からも、今村さんの料理を目当てに石巻まで訪れる客が引きも切らないという。

亀山さんが開いた『cafeはまぐり堂』も、オープン直後から予想以上の盛況ぶりだった。

「もともとは、家を津波で流されてしまった地元の皆さんが、せめて集まってお茶でも飲めるような場所をつくろうと思って始めたカフェだったんです。でも、オープンしてみると、口コミで遠方からもたくさんのお客さんが来てくださって……そういうお客さんに、蛤浜の魅力をお伝えしていこうという軸ができました」

スタッフ手作りのウッドデッキを設け、かまどやピザ窯も作った。バス停前のツリーハウスも、浜のシンボルとして仲間に加わった。2017年には、入り江を一望できる海小屋が完成し、カヌーやSUP（スタンドアップパドルサーフィン）の基地もできた。

　ところが、人気が広がることは、新たな課題も亀山さんに突きつけた。当時の住民5人に対し、カフェを訪ねる客が年間1万5000人というのは、やはりバランスが歪すぎる。休日にはカフェに入るための順番待ちが必要で、駐車場に車が駐められないという状況にもなってしまうと、地元の住民からは困惑の声も出てくる。交流人口が増えることで確かに浜はにぎわいを取り戻したが、住民の暮らしという面ではどうか。これでは本末転倒になってしまうのではないか……。

　そこで亀山さんは、蛤浜再生の原点に立ち返ることを決めた。地元の人にとってのほんとうの幸せとはなにか、それをどうやったら実現できるのか、あらためて考えた。

　結果、2019年からは昼ごはんは予約制になり、営業日も週3日に絞った。

「残り4日は、海に出て漁をしたり、山に入ってシカを獲ったりして、地域の資源を活かし、また獣害のような地域の課題に取り組むことに力を入れることにしました」

　その一例が、クラウドファンディングによるシカの解体処理施設の建設だった。

　震災前から人口減の続く牡鹿半島では、シカの獣害が深刻化している。それを少しでも解消し、駆除したシカの命を尊重するには、食肉として、あるいは皮や角を利用していく仕組みをつくらなければならない。ならば、蛤浜に、解体処理施設をつくろう――。

東京から移住してきた猟師の大島公司さんとの出会いが、そのアイデアの源となった。大島さんは1985年生まれ。やはり、同世代なのである。

2018年の秋に目標金額200万円で始まったクラウドファンディングは、140人から支援総額218万円を集めて、みごと成立した。人の輪は、また一回りも二回りも大きくなってくれたのだ。

*

ここで追記。

『cafeはまぐり堂』では、2017年に、一組の結婚式が執りおこなわれた。亀山さんが『はまのね』のメンバーでもある女性と再婚したのだ。

さらに追記の追記。

亀山さんの再婚とほぼ同時期に、今村さんも、前述した地元出身のカノジョと結婚した。

「今村さんと僕は、店を出したのも同じ2013年の春だし、結婚のタイミングまで一緒なんですよ」

ご縁は、まだある。

「じつは、僕たちは誕生日も近いんです。僕が1982年3月7日生まれで、今村さんは1981年の3月4日生まれなんです」

だから、と今村さんが引き取って続けた。

「誕生日会は、いつも真ん中の5日とか6日に、合同でやるんです」

3月4日と7日なら、うお座生まれということになる。うお座生まれはロマンチストが多いと、よく言われる。星占いを信奉するタチではない僕も、二人を見ていると、そこにかんしては、なるほどなあ、と認めたくもなる。

『四季彩食いまむら』のウェブサイトには、2016年4月に開かれた、『cafeはまぐり堂』との合同3周年記念パーティーの案内が出ている。

その挨拶文に、こんな一節があった。

〈はまぐり堂、四季彩食いまむらは、復興支援から店舗の立ち上げまで様々な場面をともに乗り越えてきた仲でございます〉

ともに乗り越えてきた――。

その言葉の重さと尊さを、誰よりも深くわかっているのは、当の二人なのだろう。

でも、なんだか、この文面って……長年連れ添ったオシドリ夫婦の挨拶にも似ていませんか？

＊

『ｃａｆｅはまぐり堂』を辞して、あらためて浜を眺め渡した。取材中には風花が舞いつづけ、一時は上着の肩が白くなるほどの雪も降っていたが、いまは陽が射して、海は穏やかに凪いでいる。

インタビューの最終盤に亀山さんと今村さんからうかがった言葉が、まだ胸に残っている。

亀山さんにとって今村さんはどんな存在なのか。

「やっぱりお互いに同志ですよね。もしも今村さんとの出会いがなければ、蛤浜はいまのようにはなっていません。恩人であり、同志であり、夢に向かってお互いにがんばっていく仲間かな」

今村さんにとっての亀山さんはどうなのか。

「もしも彼に出会わなければ、僕はボランティアのあと東京に戻って、別の人生になっていたと思います。僕にとっても、亀山くんは同志で、恩人です」

その出会いの「もしも」をずっとさかのぼっていくと、もっと大きくて、もっと悲しい「もしも」に至ってしまう。

もしも、あの震災がなければ――。

亀山さんも、今村さんも、まったく違う人生を送っていただろう。蛤浜の集落にも、まったく違う歴史が刻まれていただろう。

二人にかぎらない。蛤浜だけの話でもない。さらには東日本大震災にかぎらず、熊本地震、西日本を中心とする豪雨、阪神・淡路大震災……災害というのは、常に無数の悲しい「もしも○○さえなければ」の物語を生んでしまう。

『希望の地図』の取材は、そんな悲しい「もしも」をたどる旅でもあった。大切なものを喪い、かけがえのないものを奪われてしまった人たちに、不躾に話をうかがってきた。「希望」という言葉を冠したのとは裏腹に、取材後はいつも重い申し訳なさを背負ってしまった。

だからこそ、最後の取材で、亀山さんと今村さんに会えたことが幸せだった。

大きな悲しい「もしも」の物語の中にも、ささやかな光を宿した「もしも」はある。それを旅の締めくくりに紹介できたことが、ほんとうにうれしい。

震災のおかげで――とは、断じて言わない。決して言ってはならない。

それでも、好漢二人が震災を契機に巡り会い、素晴らしい友情を育んだことを、心から喜ばせてほしい。

車に乗り込む前、最後の最後に、浜を眺めた。

3年後、5年後、10年後……この愛すべき小さな浜が、住民や訪問客の幸せな笑顔に満ちていますように。

だいじょうぶだよな、きっと。

亀山さんや今村さん、そして島田さんの顔を思い浮かべると、自然と頰がゆるむ。その微笑みを生んでくれるものを、僕は希望と呼ぶ。

エピローグ　日和山にて、桜

日和山《ひよりやま》公園の駐車場で車から降り立つと、肌寒さに身震いした。高台である。午前10時半の風は、意外と強く、冷たい。ジャケットだけでいいと思っていたが、あわてて車に戻って、コートを羽織った。

２０１９年4月8日。1時間半ほど前に発った仙台市の街なかの公園ではシダレザクラが咲き誇っていたが、石巻市の春の訪れは仙台より少し遅いようで、この日の午前中、石巻市役所観光課によって桜の開花が宣言されたところだった。

開花は、標本木に5~6輪以上の花が咲いているのを観測することで宣言される。石巻市の標本木は、ここ、日和山公園にある。桜の時季が近づくと、観光課の職員が山頂に鎮座する鹿島御児《みこ》神社を毎朝訪れて、境内そばにあるソメイヨシノをチェックするのだ。

今年の開花は、例年よりは約1週間早いものの、昨年と比べると6日遅かった。

昨年が特に早かったとはいえ、寒い冬を過ごしてきた北国の人びとにとっては、いまか、いまか、と待ちくたびれる思いだっただろう。

ようやく春が来る。長かった冬が終わる。

公園の広場では屋外照明の設営が始まっていた。この週末から桜のライトアップが始まるのだという。

ソメイヨシノやヤエザクラなど約４００本の桜が植えられた日和山は、かつて松尾芭蕉も『おくのほそ道』の旅で立ち寄った景勝地でもある。旧北上川の河口近くに位置しているので、展望台からは牡鹿半島に抱かれた太平洋が一望できる。

この日は空が霞んでいたので叶わなかったが、晴れて空気が澄んでいれば、松島や、さらには蔵王の山々まで眺められるらしい。

少しだけ残念ではあっても、空が霞むのは本格的な春の訪れの兆しだと思い直せば、それもまた、うれしいガッカリ、かもしれない。

松島や蔵王の方角——西に目をやると、大きな工場がある。国内の書籍用紙の約４割を生産する日本製紙石巻工場だった。煙突からは水蒸気が勢いよくたちのぼっている。２０１１年の東日本大震災で甚大な被害を受けた同工場の生産再開は、石巻の復興の象徴でもあった。ひるがえって東に目をやると、牡鹿半島が見える。眼下には旧北上川の河口や、石巻漁港も。

「懐かしい」と言っては語弊がある。「感慨深い」という言い方も、やはり、非礼にすぎてしまうだろうか。

けれど、2015年に完成した新しい魚市場や、区画整理されたエリアを縦横に走る広い道路を眺めていると、あの年――2011年のことが、どうしても脳裏をよぎる。

冷凍倉庫に保管してあった大量の魚が、解けて、腐って、たまらない臭いを放っていたのだ。大量発生したハエが腐肉のまわりを飛び交って、タオルやマスクで口元を覆っていないと、息をするたびに口の中に飛び込んでくる。

テレビやラジオのドキュメンタリーでは、臭いは伝えきれない。ハエの多さはカメラでとらえることができても、驚くほど大きな羽音をたてるハエが口の中に飛び込んでくるときの嫌悪感は、カメラには映らない。マイクで拾うこともできない。ルポルタージュの文章でも、あの臭いを、あの気持ち悪さを、自分の文章の力では、正確に伝えることはできなかった。

そのもどかしさと悔しさをひさしぶりに思いだしながら、僕はまなざしを手前に戻し、まだつぼみのほとんどが固くすぼまっている日和山の桜を見つめたのだった。

2011年の桜は、いつ咲いたのだろう。

気象庁のウェブサイトには、仙台市の開花日の記録が出ている。あの年の開花は4月12日だった。2019年が4月5日だから、春の訪れが1週間遅かったことになる。

当時の報道写真集を開くと、桜の花と被災地を同じフレームに収めた写真が驚くほど多いことに気づかされる。避難所と桜、瓦礫の山と桜、行方不明者の捜索を続ける自衛隊員と桜……。

一方で、3月11日の震災発生から数日間の写真の多くには、降りしきる雪が写っている。鉛色の空は、どこまでも重く、寒々しい。

ああ、あれは早春の厄災だったのだ、とあらためて思う。

あの年の桜がゆっくりと咲いたのは、混乱と悲嘆の中で震災発生後の1ヶ月を過ごした人たちが、ふと顔を上げる、そのタイミングを待ってくれていたのかもしれない。

＊

『希望の地図2018』の雑誌連載が終わった。最終回の原稿を数日前に仕上げたばかりである。1年間にわたる連載だった。仕事にひとまずの区切りはついたものの、東日本大震災をはじめ、さまざまな災害の被災地を訪ね歩いた旅は、「はい、おしまい」でリセットできるものではない。心の余熱のようなものはまだ残っている。

その余熱が冷めないうちに、いま一度、9年目に入った被災地を見ておきたかった。

石巻に行こう、日和山を訪ねよう、と決めた。

「日和山」という地名は、全国各地に点在している。江戸時代に廻船航路が開かれたときに生まれたという。その名のとおり、日和見――港から船を出せるかどうか、天候や風向きや波の具合を見るために登る山や丘、高台や築山のことである。

当然ながら、どこの日和山も海のすぐそばにある。日常的に日和見をしなければならないので、あまり険しい山でも困るし、高すぎても往復が大変になる。見晴らしや風通しの良さも必要なので、山並みの中の一つというより、平地にぽこんと突き出ているような地形が望ましい。さらに、日和見は港に船が停泊しているからこそ必要になるので、日和山があるというのは、栄えた港町の証にもなるだろう。

ということは、つまり――。

津波が襲ってきたら、海の近くにいた人たちは、高台になる日和山に逃げ込むだろう。山道というほど峻険ではない日和山は、老人や子どもたちも受け容れてくれるだろう。日和山があったおかげで津波に呑まれずにすんだ、という人はたくさんいるはずだし、実際にいた。

だが、日和山に避難した人たちは、津波が町を呑み込むところを、なすすべなく目の当たりにしたことになる。津波が去ったあと、瓦礫だけが残された町を、呆然と見つめたことにもなる。翌日、翌々日、さらにその後も、なにごともなかったかのように、春の陽光を浴びている大海原を、日和山に立ちつくす人たちは、どんな思いで眺めたのだろう……。

日和山という場所そのものに記憶があるのなら、繰り返し津波に襲われてきたふるさとを、日和山もまた繰り返し記憶に刻んできたはずである。津波にかぎらない。風景を見渡すことができる場所は、その土地に起きた悲劇を見なくてはならない宿命を持ってしまっている、ということでもある。小高い丘が聖地となり、霊地となり、鎮魂の場となるのは、そういう所以からではないのか。

石巻の日和山を、僕は8年間で10回以上訪れている。あえて軽い言い方をするなら、定点観測地点のような存在だった。

初めて訪ねたのは、２０１１年の5月半ばだった。震災発生から約2ヶ月たった時期である。

テレビカメラを回し、ＩＣレコーダーを使い、野帳でのメモを取った初めての本格的な取材で、まず日和山に向かった。

なぜか——。

日和山に登って眺め渡すと、被害の状況が一望できるから、である。いわば「石巻がどこまで壊滅的な被害を受けているか」を手っ取り早く知るために、日和山からの眺望に頼ったのだ。

ひどい発想だった。いまなら思う。どんなに叱られ、詰《なじ》られても、甘受するしかない。

それでも、弁明させてほしい。

あのときの取材チームは、そしてもちろん僕は、被災地の状況をとにかく「視野」に収めておきたかったのだ。そこから始めないと、どう取材に取りかかればいいかわからない。手の付けようがなく、焦点の結びようがない。東日本大震災とは、そこまで規模の大きな厄災だったのだ。

日和山を訪ねる2019年4月の取材は、だから、8年前に同じ場所にたたずんでいた自分との再会でもある。

＊

2011年の石巻の桜は、4月の終わりに満開を迎えた。

そのときの日和山公園の桜を撮った写真がある。

日和山の標高は56・4メートル。決して高くはない。山というより、小高い丘をイメージしたほうがいいかもしれない。写真は、その丘に咲く満開の桜を手前に置き、眼下の町を写していた。

新聞に載っていたのか、雑誌のグラビアだったか、あるいはインターネットにアップされたものを見たのかもしれないし、5月に石巻を訪ねるにあたって、取材に同行したNHKのディレクターに資料として見せてもらったのだろうか……。

写真を目にした状況の記憶は曖昧でも、その一葉を見たとたん、まなざしが吸い寄せられ、動けなくなってしまったことは、いまでも鮮明に覚えている。

写真のピントは桜に合わせられていたが、それは、桜の美しさをただ愛でるためだけの写真ではなかった。

淡いピンク色の花の向こうに、色のない風景があった。うららかな春の世界の先には、季節が冬で止まったままの、瓦礫に埋め尽くされた焼け野原が広がっていた。

日和山の麓にあたる門脇町と南浜町は、東日本大震災で津波に襲われ、さらに大規模な火災が発生した。震災前には約１７００世帯が暮らしていた住宅街は、一夜にして焦土と化してしまったのだ。

僕が石巻を初めて訪れた5月半ばには、すでに日和山のソメイヨシノは葉桜になっていたが、率直に打ち明ければ、桜のことなど気にする余裕はなかった。

門脇町を歩いた。この地区の瓦礫は、他の地区とは違って、ひどく黒ずんでいる。家の残骸も、津波に流されてきた自動車も、すべてが焼け焦げてしまったせいだ。桜の写真に写り込んでいたとおり、確かにこれは色のない風景だった。

門脇小学校の前には、ひしゃげた自動車が積み上げられていた。一帯ではまだ自衛隊による行方不明者の捜索が続いている。震災発生から2ヶ月が過ぎていても、連日、新たな遺体が発見されるのだという。

門脇小学校は、校舎が黒く焦げていた。それも一様に、塗りつぶしたように黒ずんでいるのではない。コンクリートが炭のように思えるほど真っ黒になったところもあれば、まだ元のベージュの塗装が残っているところもある。それがかえって火災の禍々しさをきわだたせる。炎が届かなかったのは、屋上に掲げられた〈すこやかに育て心と体〉の標語看板だけで、無傷な看板はまるで火災のあとに新たに取り付けられたようにも見える。

校舎の裏は日和山に連なる尾根筋になっている。地震発生後、校内にいた約230人の児童はその裏山に避難して、津波や火災の難を逃れたのだ。

裏山の向こうに住宅が何戸も見えた。どの家の壁も、屋根も、窓も、無傷だった。津波も炎も、日和山を越えることはなかった。そうだ、あの日はよく晴れていた。青空の下、高台にある戸建て住宅の赤や緑の屋根、白い壁、そしてベランダに干してある洗濯物のさまざまな色が、残酷なまでに鮮やかだった。

実際、のちに三陸河北新報社が刊行した報道写真集『大津波襲来　石巻地方の記録』には、日和山や門脇町を空撮した写真が載っているのだが、それを見ると、日和山を境にして、内陸側の町と海側の町の明暗が分かれたのがよくわかる。いや、言い方を変えるべきか。内陸側も海側も、どちらも「暗」なのだ。ただ、日和山が楯になった内陸側に対し、津波や火災から守ってくれるものがなにもなかった海側は、より重い「暗」に塗り込められてしまった……。

２０１９年4月8日のいま、日和山の展望台から眺める風景に、8年前を思い出すよすがはほとんどなにもない。２０１８年8月に区画整理事業が完了した新門脇地区は、被災した市街地を最大で3メートル嵩上げして整備された。津波対策として、防潮堤に加え、３・５メートル以上の盛り土をした道路で囲むような形で地区を守るのだ。

すでに宅地は２０１６年から本格的に引き渡しが始まり、5階建て・2棟の門脇東復興住宅（61戸）と、6階建て・2棟の門脇西復興住宅（90戸）も完成している。さらに一戸建て用の宅地は、約２５０戸分が整備された。市から受託した都市再生機構によると、約４００世帯・１０７０人の居住を計画しているのだという。

震災遺構として保存が決まった門脇小学校の校舎を残して、町は未来へと進もうとしている。いまはまだ更地だらけで、色はほとんどないものの、いつかは日和山の満開の桜と華やかな色合いの町並みが、同じ写真に収まるときも来るだろう。

だが、その「いつか」は、1年や2年というスパンではないはずだ。5年かかるか、10年が必要になるか、もっと長い歳月になってしまうのか——。

町の再生を見届けることが叶わずに世を去ってしまうお年寄りがいるだろう。町の再生を待ちきれずに別の土地で進学したり就職したりする若い世代もいるはずだ。土地整備が完了したふるさとに帰ろうと思っても、すでに別の町で営んでいる新しい生活と天秤にかけて、帰郷を断念する人もいるに違いない。

それは石巻の新門脇地区だけの話ではない。東日本大震災の……いや、すべての災害の被災地に、当てはまる。建物が壊れ、山が崩れ、川が溢れ、海が町を呑み込んで、ふるさとの風景が変わり果ててしまう。風景とは、目に見える景色だけのことではない。暮らしや経済活動、さらには文化をも含めた、ふるさとの風景を取り戻すには、やはり、時間がかかってしまうのだ。

5年がかりの復興計画は、行政の時間の流れからすれば「短期」になるのかもしれない。けれど、人間ひとりの人生の時間に置き換えてみると、5年という歳月は、長く、重い。まして や、10年、20年となると……。

日和山にたたずむ僕は、まなざしを新門脇地区から東へ――牡鹿半島のほうに移した。半島の付け根の山並みの、向こうの、向こうの、さらに向こう……。

石巻市の北東端に近い十三浜で出会った若い漁師の言葉を、嚙みしめた。

２０１９年1月7日、『希望の地図２０１８』の最後の取材でのことだ。

ふるさと十三浜で代々続くワカメ漁師として働くかたわら、震災を機に「カッコよく、稼げて、革新的な漁業を目指す」をコンセプトにした若手漁師集団『フィッシャーマン・ジャパン』を起ち上げた阿部勝太さんは、漁業の担い手の育成や商品開発など、未来につながる夢を熱く語ってくれたあと、こう言った。

「これだけの規模の災害だと、極端な話、一世代はつぶさないと。どこかの世代が、人生一個犠牲にするような感覚でいかないと、たぶん無理だと思ってます」

33歳の阿部さんは、そのつぶれる役目を自分たちが引き受ける、と言い切った。

「僕らの世代がその役目をやれば、子どもや孫の世代は、また通常どおりに戻っていけると思うんで……やっぱり、それだけの被害だったんですよ、借金も含めてね」

強い決意とともに――いや、これはもう、覚悟と呼んだほうがいいだろうか。

だが、阿部さんの口調に過剰な悲壮感はなかった。

「震災が起きたとき、僕は漁師になって2年目だったんです。それもよかったのかもしれません。親父たちの世代は、いままで漁師を長くやってきたぶん、震災みたいな大きな災害が起きて、何千万円っていう借金を背負う羽目になっても、なかなか角度を変えて、発想を変えていくっていうふうにはできないんです。でも、僕なんかは経験が浅くて、漁業に対する固定観念もなかったから、いままでどおりのやり方だと借金が返せなくて、シャレにならないじゃないか、って」

若さが強さになる。阿部さんの親の世代にあたる56歳の僕には、その若さがまぶしい。なにより、あえて無粋なビジネス用語をつかうなら、アンテナショップとして居酒屋を経営したり、日本各地の若手漁師と交流したりという『フィッシャーマン・ジャパン』でのさまざまな新しい試みの成果を、自分の世代で「回収」しようとしないスケールの大きさが、頼もしい。

「自分の世代はつぶれてもいい」という自己犠牲の精神は、発想を変えれば、子どもや孫の世代――未来に対する、とびきりの信頼の証ではないか。自分の世代で借金を少しでも減らし、新しい漁業の道筋をつけておけば、子どもや孫の世代が、きっと花を咲かせ、実を結んでくれる。そう信じていられることが、つまり、僕が取材でずっと探してきた「希望」だったのではないか……。

「当時20代や30代の若手だった僕らが、その歳で被災した意味って、なにかあるんじゃないかな、と思ってるんです」

きっとある。僕もそう思う。

だからこそ、ひるがえって「ならば、おまえは」と誰かに問われたような気がした。僕は8年間でなにをしてきたのか。これからなにをしていくのか。震災発生時に48歳で、いま56歳になった男が被災地を歩いて、報告記事を書く意味は——。

あってほしいよな。

＊

日和山公園には、石巻ロータリークラブと石巻東ロータリークラブが建立した、チリ地震津波碑がある。一部、碑文を引用する。

〈ほら　こんなに／まるで慈母のように穏やかな海も／ひと度荒れ狂うと／恐ろしい残忍な形相となる／海難・津波・海難と／こゝ　三陸一帯に／無常な海の惨禍が絶えることがない／(中略)／襟をただし／はるかなる海底にねむる／万霊の冥福を祈るとゝもに／常に心しよう／海難はまたやってくることを〉

日付は1961年5月——チリ地震による津波が三陸地方を襲った1960年5月24日の、約1年後である。

碑文の締めくくりの言葉は、警告でもあり、予言でもあった。

日和山の桜には古木も多い。約400本のうち100本ほどが、樹齢70年を超えている。チリ地震と東日本大震災の二つの津波を見てきた桜が、4分の1にも及ぶのだ。

桜の美しさの陰には、町の悲しい記憶がある。けれど、桜の古木は、津波に呑まれた町がよみがえる姿をも見守ってくれていたことになる。チリ地震のあともそうだったように、東日本大震災のあとも——色彩に満ちた町が眼下に広がるまで、桜は何度も咲き、何度も散っていくだろう。

広場ではライトアップの準備が進んでいる。ふと気づくと、開花宣言のニュースが流れたのだろうか、公園の小径を散策する人たちがずいぶん増えてきた。お昼が近づいてきて陽が高く昇り、風にも温もりが宿る。

桜の見頃は、この週末。ソメイヨシノが散りはじめても、入れ替わりにヤエザクラが盛りを迎える。シダレザクラ、ヤマザクラ、ヒガンザクラ、シキザクラもある。花見は5月半ば頃まで楽しめるという。そして、桜のあとは、450株ものツツジの出番である。

長い冬を越え、咲き誇る花で彩られた日和山は、海から——遠い遠い世界から、どんなふうに見えるだろう。

懐かしんで、喜んでくれると、いい。

〈ラジオ〉『Hitachi Systems HEART TO HEART』
（J-WAVE、東北放送） 2018.4～2019.3
森谷文晶（有限会社ファンタジスタ）
〈雑誌〉「小説幻冬」（幻冬舎）2018.5～2019.6
編集担当・壷井 円、三宅花奈
〈文庫〉編集担当・黒川美聡

取材に応じてくださったすべての方々に、
心より御礼申し上げます。（著者）

写真　高野宏治

本文デザイン　鈴木成一デザイン室

本書は「小説幻冬」２０１８年５月号から２０１９年６月号の連載「希望の地図２０１８ HEART TO HEART」と、「文藝春秋」２０１１年10月号に掲載された「チェルノブイリで考えた東北の明日」、「花椿」２０１２年８月号に掲載された「目覚まし時計」に加筆修正したものです。

幻冬舎文庫

●好評既刊
希望の地図
3・11から始まる物語
重松　清

中学受験失敗から不登校になってしまった光司は、ライターの田村章に連れられ被災地を回る旅に出た。破壊された風景を目にし、絶望せずに前を向く人と出会った光司の心に徐々に変化が起こる。

●好評既刊
ビフォア・ラン
重松　清

「今の自分に足りないものはトラウマだ」と思い込んだ高校生・優は、トラウマづくりのため死んでもいない同級生の墓をつくった。「かっこ悪い青春」を描ききった、著者のデビュー長編小説。

●好評既刊
幼な子われらに生まれ
重松　清

三十七歳の私は、二度目の妻とその連れ子の二人の娘とありふれた家庭を築く努力をしていた。しかし、妻の妊娠を契機に家族にひびが入る。「家族」とは何かを問いかける感動の長篇小説。

●好評既刊
四十回のまばたき
重松　清

結婚七年目の圭司は、事故で妻を亡くし、寒くなると「冬眠」する義妹耀子と二人で冬を越すことになる。耀子は妊娠していて、圭司を父親に指名する。妻の不貞も知り、圭司は混乱してゆく。

●最新刊
放課後の厨房男子
まかない飯篇
秋川滝美

喫茶店ケレスの特筆すべきはメニューの豊富さ。早速バイトの面接に向かった大地は……。焼き肉ピラフや特製オムライスなど、まかない飯もとびきり美味。垂涎必至のシリーズ第三弾。

幻冬舎文庫

●最新刊
夜姫
新堂冬樹

花蘭は男たちを虜にするキャバクラ界の絶対女王だが、乃愛にとっては妹を失う原因を作った憎き女だ。復讐のため、乃愛は昼の仕事を捨て、虚と実、嫉妬と憎悪が絡み合う夜の世界に飛び込む。

●最新刊
ハリケーン
高嶋哲夫

超大型台風が上陸し、気象庁の田久保は進路分析や避難勧告のために奔走するも、関東では土砂災害が多発。田久保の家族も避難したが、避難所自体が危険な地盤にあり、斜面が崩れ始める……。

●最新刊
ドS刑事
さわらぬ神に祟りなし殺人事件
七尾与史

ドSすぎる女刑事・黒井マヤからプロポーズを迫られ、絶体絶命の代官山巡査。しかし容疑者が「怨霊」という奇妙な事件に巻き込まれ――。〝マヤの天敵〟白金不二子管理官ら新キャラクターも登場！

●最新刊
リフォームの爆発
町田　康

マーチダ邸には不具合があった。犬、猫、人間の痛苦、懸念、絶望、虚無。これらの解消のために自宅改造を始めるが――。リフォームをめぐる実態・実情を克明に描く文学的ビフォア・アフター。

●最新刊
財務捜査官 岸一真
ヘルメスの相続
宮城　啓

警察庁の財務捜査官を務める岸のもとへ舞い込んだ人捜しの依頼。しぶしぶ引き受けた仕事は、大企業の血塗られた歴史をあぶりだす端緒となった――。瞠目の企業犯罪ミステリ、待望の第二弾！

希望《きぼう》の地図《ちず》2018

重松清《しげまつきよし》

令和元年8月10日　初版発行

発行人——石原正康
編集人——高部真人
発行所——株式会社幻冬舎
〒151-0051東京都渋谷区千駄ヶ谷4-9-7
電話　03(5411)6222(営業)
03(5411)6211(編集)
振替00120-8-767643
印刷・製本—中央精版印刷株式会社
装丁者——高橋雅之

幻冬舎文庫

ISBN978-4-344-42883-6　C0195　し-4-5

幻冬舎ホームページアドレス　https://www.gentosha.co.jp/
この本に関するご意見・ご感想をメールでお寄せいただく場合は、
comment@gentosha.co.jpまで。